Prix du Meilleur Polar
des lecteurs de Points

Les éditions POINTS organisent chaque année le
Prix du Meilleur Polar des lecteurs de POINTS.
Pour connaître les lauréats passés et les candidats à
venir, rendez-vous sur

wwww.meilleurpolar.com

Frédéric Lenormand est l'auteur de nombreux romans et essais historiques, ainsi que de pièces de théâtre jouées sur scène et à la radio. Sa fameuse suite des aventures du juge Ti compte aujourd'hui plus de quinze romans.

Frédéric Lenormand

DIX PETITS DÉMONS CHINOIS

Les Nouvelles Enquêtes du juge Ti, vol. 9

ROMAN

Fayard

TEXTE INTÉGRAL

ISBN 978-2-7578-2305-7
(ISBN 978-2-213-63197-4, 1re publication)

PERSONNAGES PRINCIPAUX

Ni Houan-tché, gouverneur de la province du Shandong.

Xue Xia, spécialiste du Yi-king.

Qiannü, chamane.

Ban Biao, astrologue taoïste.

Shan, mage bouddhiste.

Mao, vieux sbire du tribunal.

Li Shigu, jeune scribe du tribunal.

Tian Chengsi, président de la guilde des bâtisseurs.

Dong Si, antiquaire.

L'enquête se déroule à l'été de l'an 664. Ti Jen-tsie est magistrat de Peng-lai, petite ville sur la mer Jaune, au nord-est de l'empire des Tang.

I

Le juge Ti accueille un très haut personnage ; il apprend qu'il va aussi devoir accueillir une kyrielle de spectres.

Une chaleur moite régnait depuis plusieurs semaines sur la cité portuaire administrée par le juge Ti lorsqu'on annonça la visite du gouverneur de la province.

L'empire de Chine était découpé en quinze régions. Chacune se subdivisait en une vingtaine de préfectures qui comptaient une dizaine de districts. C'était l'un de ces trois mille districts que dirigeait le magistrat. Ainsi donc, Ti, l'un des trois mille rouages, allait recevoir l'un des quinze personnages les plus importants de cette brillante architecture administrative. Ses épouses étaient très excitées.

– Tout doit être parfait, répéta pour la vingtième fois madame Troisième. On dit que Son Excellence aime les arrangements floraux. Elle a sûrement un goût des plus raffinés. Quelles sont les couleurs à la mode dans la capitale ? Nous ne serons jamais prêtes à temps !

Ti les regarda remplir le yamen de bouquets variés. Il n'avait pas l'habitude d'entendre le mot « Excellence » désigner un autre que lui. En fait, le gouverneur était situé si haut dans la hiérarchie que le juge avait maintenant l'impression d'avoir usurpé son titre.

En réalité, ces potentats n'étaient pas issus de l'appareil mandarinal. Le système public développé par les empereurs Tang était encore tributaire de l'organisation féodale préexistante. Comme ses pairs, le gouverneur Ni appartenait à une lignée de grands seigneurs proches du trône. Sa naissance l'avait dispensé de passer les examens de recrutement. Il avait été nommé par égard pour les services de son défunt père, un ministre, et de son grand-père, un général qui avait aidé à asseoir l'actuelle dynastie. En un mot, les fonctionnaires recrutés par concours faisaient tourner la machine, mais les places de commandement étaient accordées selon des critères politiques, à des hommes dont la fidélité au trône ne datait pas d'hier. Il y avait des castes à l'intérieur des castes. Cela ne faisait pas moins de « Son Illustrissime Splendeur Ni Houan-tché » le représentant du Fils du Ciel au milieu de ses misérables subordonnés, tout comme le juge tenait ce rôle vis-à-vis de ses administrés. Aussi le cortège destiné à aller au-devant de Son Excellence fut-il préparé avec autant de soin que s'il s'était agi d'accueillir le divin Dragon en personne, descendu de son royaume céleste.

Ti avait d'ailleurs reçu de son préfet une note très claire à ce sujet : il n'était pas question de désobliger l'éminent visiteur par une réception minable dont la honte rejaillirait sur tout le monde. L'obsession des Chinois de « ne pas perdre la face » devenait problématique lorsqu'on se trouvait en présence d'un personnage trois mille fois plus important que soi.

La carrière d'un juge local, son avancement ou sa rétrogradation, dépendait en grande partie des notes attribuées par ses supérieurs, que le ministère des Fonctionnaires archivait dans ses dossiers. En outre, ses épouses ayant grande envie de se rapprocher de la capitale, c'était le moment ou jamais de mettre les petits plats dans les grands.

Malheureusement, les courriers envoyés par le secrétariat du gouvernorat manquaient de précision. Ces dames se désespéraient de ne pas savoir à quelle date exacte arriverait leur visiteur. Ti avait eu vent des fantaisies de Son Excellence, qui aimait surgir à l'improviste. Mais, à renard, renard et demi. Il s'était arrangé pour repérer le convoi à l'avance.

On vint le prévenir que celui-ci était en vue sur la route du sud. Il incombait au juge de se rendre à sa rencontre pour montrer combien il était honoré. Il se hâta donc de monter sur un cheval empanaché aux couleurs de l'empire et prit la tête d'une petite troupe.

Comme ils franchissaient la porte de la ville, Ti remarqua un chariot qui avançait en sens inverse. Il n'avait rien d'extraordinaire, mais le juge possédait un sixième sens pour repérer les soldats en civil. Ceux qui menaient cette voiture avaient tout l'air d'officiers déguisés en marchands. Ils n'avaient pas la mine bonasse des commerçants, mais au contraire celle sévère et martiale de gradés à qui l'on avait imposé une corvée. Tout en chevauchant, il médita sur la signification de cette incongruité. Son visage s'éclaira bientôt d'un sourire.

Au détour d'un virage, leur groupe rencontra cette fois une brigade montée qui encadrait un palanquin de voyage à douze porteurs suivi de plusieurs véhicules d'intendance. Une file s'étirait à perte de vue le long de la route. Il était impensable que Son Excellence se déplaçât sans les esclaves dévolus à son service, ou sans les innombrables petites choses nécessaires à son confort. Ti se demanda comment il allait caser tout cela dans son yamen, bien plus exigu qu'un palais gouvernemental.

Il descendit de cheval et se prosterna dans la poussière du chemin, les paumes sur le sol, de manière à toucher la terre de son front. Une main noueuse, dont tous les doigts étaient ornés de bagues précieuses, repoussa le rideau du véhicule.

– Ah, mais n'est-ce pas l'honorable Ti Jen-tsie que voilà ? dit une voix où une pointe d'étonnement perçait sous le détachement de rigueur. Quelle délicieuse surprise !

Dès que Ti lui eut débité son discours de bienvenue sur un ton strictement protocolaire, le gouverneur l'invita à prendre place à son côté pour la dernière partie du trajet. Comme il se redressait pour gagner la couche recouverte de soie brodée, le juge put enfin apercevoir le visage de son hôte. C'était un homme grisonnant, doté d'une courte barbiche et d'une fine moustache taillée à la mode de Chang-an. Contrairement à Ti, qui était vêtu de la robe verte réservée aux magistrats du quatrième degré, le gouverneur portait un brocart chamarré dans le style en vogue à la Cour cette année-là. Bien qu'il ne s'agît pas d'un uniforme, l'habit n'en proclamait pas moins son rang et son opulence. Les douze porteurs soulevèrent l'équipage et reprirent leur marche d'un bon pas.

L'illustrissime Ni Houan-tché jeta un regard en coin au petit magistrat assis à sa gauche, qui prenait soin de garder les yeux rivés droit devant lui pour ne pas manquer de respect à Son Excellence en la dévisageant.

– Je suis étonné de vous voir si tôt, dit le seigneur Ni.

Il avait changé trois fois d'itinéraire et se déplaçait selon l'humeur du moment, aussi se demandait-il comment ce fonctionnaire était parvenu à connaître l'heure exacte de son arrivée et le chemin qu'il allait emprunter.

Ti prit cet air à la fois simple et mystérieux avec lequel il aimait exposer les rouages complexes de ses déductions.

– J'ai entendu dire que Votre Excellence, soucieuse de ne pas faillir à sa réputation de raffinement, faisait toujours précéder son arrivée d'un chariot et de quelques personnes de confiance chargées de nettoyer l'endroit où elle compte passer la nuit. Cherchez le chariot, vous trouverez l'homme ! J'ai mis en place un réseau de pigeons voyageurs dans un rayon de dix lieues autour de la ville. Et voilà.

La moustache du gouverneur frisait de contentement. Ce petit juge confirmait la réputation de sagacité qui commençait à circuler à son sujet. Le séjour n'allait pas manquer de piquant. Ti était satisfait, lui aussi : il avait été bien inspiré d'inventer cette histoire plutôt que d'avouer qu'il avait tout bonnement fait surveiller la moitié des routes de la région.

Ni Houan-tché jeta un coup d'œil au ciel. Le soleil était bas sur l'horizon. Les ombres s'allongeaient démesurément dans une lumière rosée.

– Je me suis hâté pour arriver chez vous avant la nuit. Je n'aime pas traîner dans la campagne à cette période de l'année.

Ti approuva gravement du menton, bien qu'il n'eût aucune idée de ce qui empêchait « en cette période de l'année » un haut personnage protégé par des soldats armés jusqu'aux dents de « traîner dans la campagne ».

Comme ils passaient devant une petite pagode dédiée au dieu des récoltes, où les paysans avaient coutume de venir prier sur le chemin de leurs champs, le gouverneur émit le souhait de se rendre au temple taoïste local afin d'y solliciter le repos de ses chers disparus. Ti supposa qu'il avait récemment perdu quelqu'un, mais renonça à s'en informer, un sous-fifre du quatrième degré ne pouvant se permettre d'interroger l'un des quinze maîtres des provinces impériales.

Lorsque les murs de Peng-lai furent en vue, les serviteurs fermèrent soigneusement les rideaux du palanquin. Il n'était pas séant que le peuple vît de près ceux qui le gouvernaient. Le tissu était en revanche ajouré de façon à permettre aux voyageurs de contempler le paysage.

Quelques minutes plus tard, le cortège franchissait la porte monumentale ornée d'une pancarte à la gloire du gouverneur et pénétrait dans une cité en liesse. Des banderoles de bienvenue avaient été déployées de tous côtés et des habitants à la mine réjouie criaient « Vive Son Excellence » le long de l'avenue principale conduisant au yamen. Le spectacle parut plaire à l'intéressé.

– Je vous félicite pour le patriotisme de vos concitoyens. Je suis toujours ravi d'assister à des manifestations de joie spontanées.

– Je suis sûr que Votre Excellence Illustrissime est bien accueillie partout où elle va, répondit aimablement le magistrat.

– En effet, répondit le gouverneur avec un léger sourire. Les manifestations spontanées sont en général bien organisées.

Ti devinait pour quelle raison Ni Houan-tché évitait d'annoncer son arrivée : c'était une façon de tester les capacités d'information et de prévoyance de ses sous-préfets. Il avait au moins remporté la première manche.

Les notables avaient été réunis devant le tribunal pour s'incliner devant l'homme qui avait la haute main sur les taxes et impôts. Le portail avait été ouvert en grand. Dans la cour, les employés civils et militaires se tenaient sur deux rangs, par ordre d'importance. Il y avait d'un côté les conseillers, les secrétaires, les copistes, les archivistes et les huissiers. De l'autre, les gardes, les inspecteurs, les sbires et les geôliers. Tout ce monde s'inclina très bas dès que les serviteurs de Son Illustrissime Splendeur eurent ouvert le palanquin pour permettre à ses occupants d'en descendre.

Ti lui présenta le commandant de la garde, Penglai étant ville de garnison à cause de sa proximité avec la Corée récemment pacifiée. Puis il le conduisit dans la salle des réceptions officielles, où les attendaient le thé et les confiseries de bienvenue. Il n'était pas prévu de lui faire rencontrer les dames de la maison : la tradition en usage dans la noblesse voulait que les matrones demeurent dans leurs appartements. Elles n'en perdaient pas une miette pour autant, installées derrière trois paravents percés de judas qu'elles avaient fait disposer au fond de la pièce.

– Vous pourrez complimenter vos épouses pour ces délicieuses gâteries, dit le seigneur Ni en grignotant un morceau de biscuit au miel.

Il y eut un gloussement derrière les paravents.

La politesse autorisait à présent le juge à poser des questions d'ordre général, et même elle l'y obligeait afin d'empêcher la conversation de s'éteindre. Aussi s'inquiéta-t-il de savoir si son lointain supérieur avait fait bon voyage.

– Bien entendu. J'avais pris la précaution de faire établir la liste des jours fastes pour un heureux déplacement. Tout s'est donc bien passé.

En tant que représentant local de la religion impériale, Ti avait prévu pour le lendemain matin une petite cérémonie au temple des murailles et des fossés.

S'agit-il d'un bâtiment traditionnel avec une cour carrée et des statues de divinités locales ?

16

– En effet, illustrissime seigneur.

Le sanctuaire de Peng-lai ne différait nullement de ceux qu'on pouvait voir partout ailleurs.

– Dans ce cas, nous nous en dispenserons, trancha son hôte. J'ai en tête un amusement plus original.

Une lueur de malice s'était allumée dans ses yeux effilés. Ti se demanda ce qu'il avait pu trouver d'original dans une petite ville de province comme il en existait trois mille à travers l'empire. Le gouverneur ne se fit pas prier pour l'expliquer :

– Il est revenu à mes oreilles que vous aviez un certain talent pour conduire les affaires criminelles. Rien ne m'amuserait davantage que de le constater de mes yeux. Voyons, nous sommes en période de séances publiques, vous en avez bien une de prévue pour demain ? J'aurai plaisir à y assister avant mon départ.

Ti comprit tout à coup ce que son supérieur avait déniché de particulier dans sa bourgade : c'était lui. Un magistrat de district avait à connaître aussi bien des questions policières que des ennuyeuses contestations commerciales ou des lassantes querelles cadastrales. Or c'était ces deux dernières qui étaient à l'ordre du jour. Il pria intérieurement pour que se présente en dernière minute un cas un peu plus palpitant qui lui permît de briller devant son invité.

Il fit conduire ce dernier à ses appartements et rejoignit sa propre chambre, où le sergent Hong l'aida à se changer pour le soir. La mystérieuse allusion du gouverneur aux dangers qu'on courait à traverser la campagne au milieu d'une petite armée

trottait toujours dans son esprit. Son vieux serviteur était justement le genre de personne auprès de
qui il pouvait se renseigner sans risquer de passer
pour un ahuri. Il lui demanda s'il y avait quelque
chose de spécial, ces jours-ci. Il sentit nettement la
désapprobation de son majordome, moins empreint
que lui de rationalisme confucéen :

– Nous entrons ce soir dans le mois des fantômes,
noble juge. La fête des âmes affamées est pour
bientôt.

– C'est maintenant ? s'étonna le juge Ti. J'avoue
que je n'avais pas ce genre de détail à l'esprit en
recevant un mandarin chargé de tant de destinées.

Selon la tradition, pendant la septième lune[1], les
âmes incapables de trouver le repos dans l'au-delà
revenaient sur terre, pas toujours armées de bonnes
intentions. Il convenait de se montrer prudent jusqu'au quinzième jour, date à laquelle le Gouverneur
de la Terre viendrait amnistier les spectres de façon à
les renvoyer outre-tombe. Le sergent Hong paraissait un peu gêné.

– Hum. Votre Excellence n'aura sans doute pas
perdu de vue qu'en tant que représentant du Fils du
Ciel elle présidera les festivités.

Ti connaissait les multiples obligations de son
poste, mais il avait depuis longtemps fait le ménage
dans les célébrations en tout genre qui rythmaient
l'année lunaire. Aller invoquer des esprits invisibles
et regarder des prêtres enturbannés agiter des clo-

---

1. Au mois d'août.

chettes n'était pas la partie de son office qu'il appréciait le plus.

Il lui parut sage de réorganiser le séjour du gouverneur en fonction de l'attachement de celui-ci à la célébration des âmes perdues. Il le conduisit donc en personne au temple taoïste avant le dîner, afin qu'il pût se livrer à ses dévotions rituelles. C'était la pleine lune. Un disque argenté, d'une régularité parfaite, était suspendu au firmament comme un lampion à l'arête d'un toit. La nuit était si claire qu'ils n'avaient nul besoin des lanternes brandies par leurs esclaves pour contempler la ville autour d'eux.

Dès qu'ils furent rendus, Son Excellence fit brûler de l'encens dans le gros chaudron prévu à cet usage, puis elle alla s'incliner devant l'autel. Elle semblait plus soucieuse que le juge de se plier à la tradition. Ti l'entendit énoncer une prière de demande de grâce :

– Pardon à la tante Mia pour ne l'avoir pas visitée durant sa dernière maladie. Pardon à Lien-sheng, mon grand-père maternel, pour lui avoir manqué de respect à plusieurs reprises. Et pardon à Beauté-de-Jade pour ce que vous savez que j'ai fait et que je regrette aujourd'hui infiniment. Pardon, pardon, pardon !

À l'entendre, on avait l'impression qu'il s'était produit des événements horribles dans cette famille, des incestes et des parricides comme les dynasties régnantes en étaient coutumières, alors qu'il ne s'agissait sans doute que de misérables petits secrets.

Dès que le gouverneur eut fini de battre sa coulpe devant les mânes de ses ancêtres, Ti le ramena à la salle des banquets du yamen, où trois paires d'oreilles curieuses les attendaient impatiemment derrière trois paravents.

II

Ti juge un démon ; il condamne un mortel.

Dès l'ouverture de la séance, Ti consulta discrètement ses secrétaires pour savoir si quelque plaignant inopiné s'était fait inscrire. Comme les nouvelles n'étaient pas bonnes, il crut nécessaire de préparer son hôte :

– J'espère que Votre Excellence Illustrissime ne sera pas déçue par cette audience.

Le gouverneur n'aurait pas arboré une mine plus ravie s'il était venu voir jouer une comédie.

– Oh, ne vous inquiétez pas : je ne m'attends pas à ce que vous jugiez l'une des Dix Abominations[1], répondit-il sur un ton badin. Un simple cas de vol un peu épineux me suffira.

Il n'y avait hélas nul vol, épineux ou pas, au programme de la matinée, aussi Ti s'inquiétait-il au contraire de plus en plus. Son Illustrissime Splendeur

1. Les Dix Abominations étaient les forfaits les plus répréhensibles prévus par le code pénal des Tang, au nombre desquels le crime de lèse-majesté et le parricide. Ils pouvaient entraîner l'exécution de la famille entière du contrevenant.

trônait à la place d'honneur, celle habituellement dévolue au magistrat, qui se tenait debout à côté d'elle, sur l'estrade où avait été installée la table de justice recouverte du drap rouge traditionnel. Le seigneur Ni sembla chercher quelque chose parmi les objets disposés devant lui.

– Vous vous aidez sûrement des « Annales judiciaires impériales » ? Mon vieil ami, le ministre de la Justice, est très fier des *addenda* qu'il a fait insérer dans la dernière mouture.

– Bien sûr, les *addenda*, répéta le juge, qui n'avait pas mis le nez dans ce bouquin depuis sa prise de fonction. C'est mon livre de chevet. C'est d'ailleurs là qu'il doit se trouver : près de mon lit.

Il s'écarta pour ordonner discrètement à l'un des assesseurs d'aller lui chercher un tome de cet ouvrage au fond de la bibliothèque, sans oublier de l'épousseter. Il avait une vision assez intuitive de son métier et laissait la consultation de la jurisprudence à ceux que leur travail ennuyait. Par chance, son prédécesseur avait fait plus grand usage que lui du manuel, aussi était-il suffisamment défraîchi pour laisser croire qu'on s'en servait régulièrement.

La salle était pleine : si Ni Houan-tché avait mis le juge Ti au nombre des curiosités locales, c'était lui en revanche qui constituait le sujet d'intérêt de la population. Les gens de Peng-lai n'avaient jamais eu l'occasion d'apercevoir un si haut personnage. Ils le dévisageaient en échangeant tout bas des commentaires. C'était très impoli, Ti ne savait plus où se mettre. Il se pencha vers son supérieur pour lui annoncer le programme.

– Nous avons aujourd'hui une très intéressante affaire de contestation commerciale entre deux maîtres de pêche.

Les pêcheurs contemplaient Sa Splendeur, sourire aux lèvres, enchantés de voir leur problème présenté à la plus haute autorité de la province. La perspective d'assister à d'interminables débats sur le prix du poisson n'arracha pas un cillement au gouverneur.

– Très bien, répondit-il sèchement.

Ti décida d'essayer les problèmes cadastraux.

– Il y a aussi une question fort curieuse de mitoyenneté.

Il désigna le groupe de paysans massés sur leur droite, qui s'inclina dans un bel ensemble devant le haut serviteur de l'État.

– Oui, oui, fit ce dernier avec autant d'enthousiasme que s'il assistait à une énième version des *Malheurs de la princesse Palourde*.

Il se fit un remue-ménage du côté de l'entrée. Un groupe de gens venait de surgir en dépit des protestations des sbires. La salle était déjà comble et l'on n'acceptait plus personne. L'irruption était d'autant plus contrariante que les nouveaux venus transportaient une civière encombrante où reposait un homme inanimé. L'huissier en chef s'approcha de l'estrade.

– Cette femme du clan Hu souhaite faire une déposition de première importance. Je lui ai dit qu'il n'en était pas question, l'ordre du jour ayant été clos tout à l'heure, mais elle insiste.

Ti et son hôte baissèrent les yeux vers le corps qu'on venait de déposer sur le dallage. Il était blafard.

Tout portait à croire qu'ils étaient en présence d'un cadavre. Cette vision ranima l'intérêt du gouverneur. D'un geste, il envoya promener l'ordre du jour, ses pêcheurs et ses paysans, et commanda qu'on fît passer la plaignante devant tout le monde. Puis il indiqua au juge qu'il pouvait diriger les débats :

– Allez-y, conclut-il, enchanté de la tournure tragique que prenaient les événements, en se renfonçant dans les coussins dont on avait garni le fauteuil. Faites comme si je n'étais pas là.

C'était difficile. Tous les regards convergeaient vers le puissant personnage au brocart multicolore. Ti était plus nerveux que le jour de son examen de maîtrise au palais impérial.

La dame des Hu vint s'agenouiller devant l'estrade. C'était une femme d'une bonne trentaine d'années, encore très belle, les cheveux noués en deux épais bandeaux sur les côtés de la tête et surmontés d'un peigne en ivoire.

– En ce premier jour de la fête des âmes affamées, déclara-t-elle, mes fils et moi avons terrassé un démon.

Un murmure d'effroi parcourut l'assistance. Le gouverneur était tout émoustillé :

– Un drame de circonstance, donc, commenta-t-il avant de lui faire signe de poursuivre.

À la faveur de cette nuit de pleine lune dont la mauvaise réputation n'avait rien d'usurpé, une bête féroce avait pris une apparence humaine pour pénétrer chez eux afin de leur manger le cœur. Sortis vainqueurs du combat contre cette chose infâme, ils apportaient sa dépouille à la justice. Les deux fonctionnaires se penchèrent de nouveau sur la civière. Le démon arborait une barbe touffue, d'épais sourcils et de longues moustaches ébouriffées, tout à fait comme sur les représentations qu'on pouvait en voir dans les pagodes. Il avait le visage émacié, les traits affaissés, mais cela pouvait être un effet de son trépas. Les héros du jour avaient posé sur le corps des tablettes où étaient tracées des formules magiques destinées à l'empêcher de reprendre vie.

Ti voulut savoir s'il y avait une raison particulière pour qu'un diable échappé de l'enfer ait surgi précisément dans leur maison. La dame désigna un individu à la figure grave qui se tenait au milieu de leur petit groupe :

– Ce saint homme est venu à notre secours. Il avait tout vu dans les astres. Il nous a enseigné la façon de contrer les maléfices et nous lui devons la préservation de nos âmes.

Le magicien s'inclina devant Leurs Excellences. Ti pria la dame de lui relater les faits dans le bon ordre et avec précision. Alors qu'elle était seule chez elle, le saint homme s'était présenté pour l'entretenir d'un sujet particulièrement grave. Sa qualité de devin lui avait permis d'établir sans doute possible, par de savants calculs, qu'un *gui*[1] des plus redoutables tenterait de s'introduire dans son domicile le lendemain, à la nuit tombée. Elle

1. Nom générique pour désigner fantômes ou démons. Les *gui* hantent souvent les hommes sous la forme d'animaux. Le caractère chinois de *gui* semble représenter une tête au bout de laquelle pendent des viscères.

le crut d'autant plus volontiers qu'il ne réclamait aucune rétribution pour ses services. Il recommanda à toute la maisonnée de se préparer en « observant l'interdit », c'est-à-dire en se calfeutrant à l'intérieur pour prier. Il peignit les invocations rituelles sur des tablettes votives et les disposa aux quatre coins de la demeure. Il coupa enfin un rameau de pêcher, arbre sacré, pour en barrer l'entrée.

Lorsque la nuit fut sur le point de tomber, la dame réunit autour d'elle ses fils et ses serviteurs pour une prière collective. L'angoisse était à son comble. Chacun guettait l'arrivée du démon en se demandant si la funeste prédiction allait se réaliser. S'il y avait des sceptiques, leurs derniers doutes s'envolèrent lorsqu'ils entendirent frapper à la porte principale. Les hommes sursautèrent, les femmes se mirent à geindre et les plus peureux se dissimulèrent où ils purent. Le devin déclara que le démon était là. Le plus courageux des fils alla regarder à travers la lucarne. Il vit en effet la chose hirsute qui gisait à présent dans la salle d'audience. Elle était déguisée en voyageur et frappait le battant de son bâton de marche pour se faire ouvrir.

On se garda bien d'en rien faire et toute la maisonnée redoubla de prières, serrée autour du protecteur venu assurer son salut. Pourtant, ainsi que ce dernier l'avait prévu, le démon trouva moyen de faire céder la serrure en dépit de la branche de pêcher censée écarter les âmes errantes. La porte s'ouvrit par magie, dans un grincement sinistre, et le spectre pénétra dans la cour en maugréant contre ceux qui habitaient là. Ils crurent leur dernière heure arrivée.

26

Par chance, l'un des fils eut la force de saisir son arc et de décocher une flèche à l'apparition démoniaque, qui poussa un hurlement de rage avant de s'effondrer dans la poussière, la bave aux lèvres.

– Un démon terrassé par une flèche... murmura le juge Ti en lissant les longs poils noirs de sa belle barbe mandarinale.

– J'ai ouï parler d'un cas similaire au nord de ma province, confirma le gouverneur, que ce récit avait captivé. Vous avez eu la chance de tomber sur cette sorte de créature que des incantations et une flèche bien placée peuvent abattre. Je vous conseille de faire brûler ses restes au plus vite pour vous en débarrasser. Il faut en répandre les cendres à tous vents pour l'empêcher de se reconstituer.

Ti avait lui aussi une idée de la sorte de créature qu'une flèche pouvait abattre. Il désirait examiner le corps avant que le feu n'ait effacé les indices. « Si Votre Excellence Illustrissime le permet... » dit-il en quittant l'estrade pour s'approcher de la dépouille. Le gouverneur constata qu'on n'avait pas exagéré la témérité et les méthodes particulières de son juge de Peng-lai, capable d'aller tripoter la carcasse répugnante d'un être maléfique tout juste bonne pour le bûcher.

Ti ôta les tablettes votives qui la recouvraient, au grand effroi de l'assistance.

– Ne craignez rien, dit-il en les entassant sur le sol : je vous assure qu'il ne va pas se relever.

Le démon n'avait pas adopté la forme d'un beau jeune homme ou d'un guerrier farouche, mais celle, plus inattendue, d'un petit gros d'une cinquantaine d'années qui aurait eu l'air bien pacifique sans la pilosité extravagante qui lui couvrait la face. Il n'y avait que les mercenaires ou les barbares pour se laisser pousser de tels ornements, or le défunt n'était visiblement pas l'un d'eux, il n'en avait ni la stature ni la musculature. Ti écarta les pans de sa tunique et vit qu'il ne portait pas non plus de cicatrices indiquant une vie de combats, que ce soit dans ce monde ou dans l'autre. Dans le revers de la manche, il trouva un petit bout de papier plié en quatre. Sur sa poitrine reposait un bijou en jade pendu à une chaînette. Il avait été sculpté de manière à représenter un caractère qui n'avait rien d'une malédiction d'outre-tombe.

— Votre mari se prénomme-t-il Rujia ? demanda-t-il à la dame, qui avait repris place parmi les siens et l'observait avec frayeur.

— Votre Excellence a elle aussi un don de voyance ! s'écria-t-elle en cherchant des yeux l'approbation du devin.

— Oh, avec ceci, c'était facile, répondit le juge en lui tendant le bijou qu'il venait de prendre au défunt.

Tous les membres de la famille poussèrent un cri de surprise en contemplant l'objet.

— Je suis sûr que, si vous preniez la peine de mieux examiner votre victime, reprit le juge, vous reconnaîtriez aussi ses bottes, ses sous-vêtements et ce bracelet de cuir qu'il porte au poignet gauche.

L'un des fils, sûrement celui qui les avait tous sauvés en décochant une flèche sur une ombre entraperçue au fond de la cour, s'approcha pour se rendre compte.

– Ce sont les habits de papa, annonça-t-il à la parentèle épouvantée.

On commençait à ne plus savoir à quel dieu se vouer quand le mage donna la solution de ce mystère. Il déclara que le *t'an-mo*[1], pour mieux les tromper, avait volé les affaires du patriarche dans l'espoir qu'on lui ouvrirait la maison. La dame et tout son petit monde s'accrochèrent à cette intéressante explication. Elle présentait l'avantage de s'inscrire parfaitement dans l'état d'esprit du moment et d'éviter des remises en question qui auraient pu se révéler catastrophiques. Ti, malheureusement, n'avait pas terminé de suivre sa propre piste. Il déplia le papier découvert sur le cadavre et le montra au devin.

– Vous qui êtes expert en la matière, ne jugez-vous pas étrange qu'un diable ait sur lui une prière destinée à le protéger des mauvais esprits – ceux d'outre-tombe, j'entends ?

Ayant jeté un rapide coup d'œil au texte, le mage bredouilla que les préoccupations des forces démoniaques étaient impénétrables. Ti se tourna vers la famille.

– Qu'a grogné exactement l'intrus avant que vous ne lui régliez son compte ?

Il avait dit quelque chose comme : « Ils vont tous trépasser ! »

– N'était-ce pas plutôt : « Où sont-ils tous passés » ? suggéra le juge.

La conviction des pourfendeurs de démons se fissurait d'instant en instant. Ti demanda où se trouvait

1. Diable.

29

en ce moment le père de famille. On lui répondit qu'il était en voyage dans le Sud pour ses affaires. Le juge regagna l'estrade et se pencha sur l'oreille du gouverneur :

– Ces malheureux ont tué leur père. Je ne sais comment le leur apprendre.

– Croyez-vous ? Vraiment ? s'étonna Son Illustrissime Splendeur. Il m'a tout l'air d'être un *t'an-mo* dans la plus pure tradition du genre…

– Dans un instant, il y ressemblera beaucoup moins.

Ti retourna près du corps et tira sur la barbe, sur les moustaches, sur les sourcils, qui restèrent entre ses doigts. Puis il frotta le visage nu à l'aide d'un pan du vêtement, faisant disparaître le maquillage grossier qui le recouvrait. Un serviteur fit un pas pour mieux voir et poussa un couinement lamentable.

– C'est un démon qui a pris l'apparence de notre père pour mieux nous tromper ! s'écria le fils qui avait décoché la flèche fatale.

– Je crois plutôt qu'il s'agit de votre père, qui avait changé d'apparence pour tromper les démons postés sur son chemin, rectifia le magistrat.

Le petit groupe se mit à pousser des plaintes sinistres et il fallut soutenir la dame, qui se sentait mal.

– Que voilà donc un regrettable accident, dit le gouverneur, un peu déçu par le dénouement prosaïque de cette affaire. Vous aurez confondu votre père avec un spectre alors qu'il rentrait de voyage. Mais pourquoi diantre ce malheureux s'est-il affublé de ces postiches et de ces fards ridicules ? Qu'est-ce qui a bien pu lui passer par la tête ?

– Toute la question est là, dit le juge Ti avec gravité.

Il lissa soigneusement le papier trouvé dans la manche du mort et alla consulter l'une des tablettes votives dont on avait recouvert le cadavre. Il disposa le tout devant Ni Houan-tché. Il ne doutait pas que ce dernier, en tant que membre de la haute noblesse mandarinale, ne fût versé dans l'art de la calligraphie comme il l'était sans doute aussi dans la peinture et la musique, les trois arts primordiaux cultivés par les classes aisées. Le gouverneur haussa les sourcils à la vue des deux textes.

– C'est indéniablement la même écriture, dit-il. Qu'est-ce que cela signifie ?

Ti s'adressa à la veuve éplorée, que ses serviteurs soutenaient pour l'empêcher de se répandre sur le carrelage.

– Votre époux était-il un homme superstitieux... je veux dire « respectueux des traditions qui nous recommandent de respecter les forces invisibles » ? corrigea le juge, soucieux de ne pas indisposer son supérieur.

La pauvre femme était incapable de répondre. Elle fit « oui » de la tête, mais ce fut l'un de ses fils, celui qui n'avait pas tué son père, qui fournit l'indication demandée :

– Notre père allait toujours consulter un oracle avant de se lancer dans une opération commerciale importante.

– Ou avant d'entamer un voyage, surtout quand son retour risquait de coïncider avec une fête macabre… poursuivit le magistrat.

Le fils approuva du menton.

– Dans ce cas, nous savons tous qui il est allé voir avant son départ, reprit Ti.

Il pointa son doigt sur le devin, devenu blême, debout au milieu des serviteurs en larmes, qui s'écartèrent d'un pas. Tous les regards allèrent du magicien au juge, y compris celui du gouverneur, qui avait perdu le fil.

– Sur le point d'entreprendre un déplacement, le commerçant Hu Rujia se rendit chez cet homme pour savoir si les auspices étaient favorables et se faire indiquer un jour faste. Le mage lui prédit qu'il rencontrerait quelque créature néfaste sur le chemin du retour et risquait de perdre la vie. Comme son client s'épouvantait, il lui indiqua un moyen sûr de tromper les mauvais esprits : il s'agissait de se déguiser, par exemple à l'aide de postiches comme en fabriquent les comédiens. Paré de la sorte, il pouvait se permettre de rentrer chez lui le premier soir de la septième lune, connu pour être la nuit la plus démoniaque de l'année. Ainsi donc, grimé, méconnaissable, ressemblant davantage lui-même à un *t'an-mo* qu'au paisible commerçant qu'il était, le malheureux arriva chez lui après avoir conclu ses affaires. Il frappa à la porte de sa maison, qu'il eut la surprise de trouver close. Il pénétra dans la cour grâce à sa propre clé, dans la pénombre, en maugréant contre ses serviteurs absents. Et c'est alors que la prédiction s'est accomplie.

– Le devin avait donc raison, en fin de compte ! s'écria le gouverneur, frappé par l'aspect imparable de la fatalité.

La famille était en pleurs, écrasée par le poids d'une effroyable destinée. Le devin ne savait plus où se mettre. Il vint s'agenouiller devant l'estrade.

– Je présente mes excuses à mes clients pour n'avoir pas su éviter une catastrophe que j'avais prévue. Pour ma défense, je dois indiquer qu'il est très difficile de contredire les plans édictés en enfer ou au ciel.

– Vous avez en effet une part de responsabilité dans ces événements, le gronda le gouverneur. Vous avez fait commettre à ces gens une erreur épouvantable. Je crois juste de vous infliger une amende.

Le mage répondit qu'il la paierait volontiers et qu'on savait où le trouver. Son Excellence lui ayant fait signe de disposer, il se releva et se dirigea vers la sortie.

– Je vous disais bien qu'il ne faut pas traîner dans la campagne durant la septième lune ! souffla Ni Houan-tché à l'oreille du juge.

– Surtout quand un assassin a juré votre perte, répondit ce dernier.

Il lança un ordre bref pour commander aux sbires d'empêcher le témoin de quitter la salle.

– Dites-moi, j'ai constaté que votre époux portait une chemise de soie sous sa robe de voyage. J'en conclus qu'il était riche.

La veuve confirma entre ses larmes que les cieux l'avaient comblé de leurs bienfaits jusqu'à cette nuit tragique.

– Voyez-vous, je ne pense pas que les astres aient prédit à qui que ce soit que votre époux devait rencontrer un *gui* ni même périr à son retour. Ce qui l'a perdu, c'est d'avoir été crédule, fortuné et marié à une belle femme. Je crois que le seul esprit malfaisant de cette affaire se tient devant moi. Une fois son client parti pour la ville voisine, le devin vous a poussés à préparer le traquenard qui servait ses projets. Il a utilisé son crédit pour faire tuer un mari dont il désirait prendre la place.

L'assistance redoubla de murmures en contemplant le magicien comme s'il avait été le *gui* en question. Choqué, le gouverneur se mit à feuilleter le manuel posé devant lui :

– N'y a-t-il pas une procédure particulière pour exécuter un sorcier sans encourir ses foudres après sa mort ? Vous devriez lui faire couper la langue au préalable pour qu'il ne puisse pas nous lancer de malédiction !

Bien que la culpabilité de l'accusé fît peu de doute étant donné la logique du raisonnement exposé par le juge Ti, le code les obligeait à obtenir ses aveux, un préalable à toute sentence capitale. Outré de voir un impie dévoyer l'art sublime de la divination, le gouverneur réclama l'application immédiate de la torture judiciaire dans les formes requises. Les sbires arrachèrent la robe du prévenu. Conformément à un décret émis par l'empereur un jour où une crise de rhumatismes l'avait empli de compassion envers les douleurs physiques de ses sujets, Ti avait l'habitude de ne faire fouetter que les fesses et les cuisses, zones réputées moins sensibles. Son Illustrissime

Splendeur se mit à glapir en frappant la table de ses poings :

– Sur le dos ! Enlevez-lui sa chemise !

Le juge tiqua.

– Vous aurez sans doute oublié que l'empereur Taizong a proscrit la flagellation du dos pour épargner les organes du torse.

Le gouverneur était écarlate.

– Vous croyez qu'on s'attarde à de telles considérations, à la capitale ? Plus fort ! Faites jaillir le sang !

Ti se demanda s'il ne venait pas de mettre au jour une facette insoupçonnée de la personnalité de son supérieur. Soudain, ce dernier fit signe à la salle de se taire. On entendit alors la voix du mage, qui psalmodiait des soutras en langue indienne. Le gouverneur, bon taoïste, supposa qu'il s'agissait d'invocations à son encontre. Il se dressa sur l'estrade et cria en le désignant : « Coupez-lui la tête ! Coupez-lui la tête ! » Ti jugea opportun de faire évacuer le prévenu avant que Sa Splendeur ne saisisse un glaive pour mettre elle-même ses ordres à exécution.

Ni Houan-tché s'était rendu au tribunal comme on va au spectacle ; il ne s'attendait pas à être bousculé. Il était hors de lui.

– Il faut mettre au pas cette clique bouddhiste malfaisante ! Je le disais l'autre jour au ministre des Cultes ! Hélas, l'impératrice leur mange dans la main, à ces tondus. Vous me ferez exécuter celui-là, ça en fera un de moins à intriguer dans les coulisses du pouvoir.

Ti doutait que cet homme ait jamais eu l'intention d'aller intriguer dans les couloirs de la Cité interdite. Il aurait dû. De puissantes relations au palais lui auraient évité l'infamante exécution publique qui l'attendait dorénavant.

III

Un glissement de terrain bouleverse les plans du juge Ti ; il rend visite à une momie.

Le lendemain matin, Ti vint saluer le gouverneur, qui s'apprêtait à rejoindre son palanquin dans la cour d'honneur du yamen. Ni Houan-tché arborait une mine satisfaite :

– Je tiens à vous féliciter. J'ai été fort content de tout ce que j'ai vu ici. Je ne manquerai pas de vanter vos mérites à l'occasion.

Ti s'inclina aussi bas que possible. Il était comblé. La visite de son supérieur s'était passée à merveille, il avait même pu briller en audience publique, et ses épouses ne tarissaient pas de compliments sur son habileté.

– Votre Illustrissime Splendeur a grandement honoré cette humble maison, ce district et le misérable magistrat qui le dirige. Mon nom n'est pas digne d'être retenu de votre auguste personne.

Un sbire tout boueux surgit à ce moment, ce qui dispensa le juge de se rabaisser davantage.

– Un glissement de terrain s'est produit dans un

champ de l'ouest ! s'écria-t-il sur le même ton que s'il avait annoncé une invasion mongole.

Ti se demanda par quel mystère un déplacement de boue justifiait qu'on interrompe de la sorte son compliment.

– Eh bien, je crois que vous allez avoir des travaux de terrassement à mettre sur pied, dit le gouverneur en descendant les marches du perron. Je vous laisse à vos devoirs.

Ti lança un regard mécontent au soldat qui s'était permis de gâcher des adieux prévus pour être chaleureux et émouvants.

– Alors quoi ? grogna-t-il. Il y a des morts ?

– Je n'aurais pas dérangé Votre Excellence pour si peu. En fait, il y en a sûrement, mais pas d'aujourd'hui.

Le gouverneur interrompit sa descente. Il contempla le soldat, l'air soudain intéressé, comme s'il avait pressenti l'existence d'une curiosité de plus dans cette petite ville pleine de surprises.

– Que veux-tu dire, avec tes morts anciens ? demanda-t-il.

Le soldat hésita, passa plusieurs fois d'un pied sur l'autre ; il venait de réaliser à qui il s'adressait. Il prit son courage à deux mains et débita la nouvelle presque d'un seul souffle.

– Le glissement de terrain a mis au jour des stèles qui ressemblent à celles qu'on place devant les tumuli des puissants. Il se pourrait qu'il y ait dans les parages des...

– Des tombeaux antiques ! acheva le gouverneur.

Son visage n'aurait pas été plus radieux si Lao Tseu était descendu du ciel sur le dos d'un dragon. Ti sentit que le départ de son invité devenait urgent.

– Je ne crois pas que cela empêchera Votre Splendeur d'effectuer un bon voyage, n'est-ce pas ? dit-il avant de se tourner vers le soldat. La route de l'ouest n'est pas bouchée, n'est-ce pas ? Je recommande à Votre Splendeur de se mettre en chemin sans tarder, avant qu'un autre glissement de terrain ne compromette son retour chez elle.

Le retour en question n'occupait plus qu'une très faible place parmi les centres d'intérêt de Sa Splendeur. Elle balaya le conseil du revers de la main.

– J'ai toujours un moment pour me pencher sur les déboires de mes administrés, répondit le haut fonctionnaire en se dirigeant de nouveau vers sa litière. Je crois que je vais faire un tour sur le site de ce terrible éboulement.

Les craintes de Ti se précisaient affreusement. Quelque chose dans cette histoire de boue et de stèles attirait son supérieur. Seuls les dieux savaient jusqu'où ce contretemps les conduirait. Il ordonna à son sbire de sauter sur un cheval et grimpa sur la couche à douze porteurs, Sa Splendeur lui ayant fait signe de prendre place à côté d'elle.

Ils quittèrent la ville par la porte de la Vertu-Céleste et s'arrêtèrent devant un champ qui descendait en pente douce jusqu'à la rivière. Lavé par un écoulement inhabituel, le sol boueux était sillonné de crevasses. Des stèles renversées émergeaient çà et là au hasard des fosses creusées par l'eau.

Quelques paysans catastrophés contemplaient les ravages, tandis qu'un petit groupe de soldats examinait déjà les lieux. « Je crains que les tracas de ces cultivateurs ne fassent que commencer », se dit le juge en constatant la mine de renard alléché du gouverneur. Celui-ci insista pour fouler les lieux de ses souliers délicats, au risque de tacher le bas de sa belle robe de soie multicolore.

Ils se trouvaient indubitablement à l'emplacement d'une nécropole antique. La terre avait dû recouvrir depuis longtemps le matériel funéraire disposé là par leurs lointains ancêtres. Une grande partie était à présent dégagée. À voir les pierres gravées, il était évident qu'il s'agissait d'un cimetière réservé à la classe nobiliaire.

Ti se dit que le gouverneur, si superstitieux, tenait à assurer la tranquillité des défunts qui reposaient là. La difficulté allait être d'organiser la protection du sanctuaire. Sans doute devraient-ils remblayer au plus tôt. Il faudrait mobiliser tous ceux qui pouvaient manier une pelle ; et menacer de lourdes condamnations les mauvais sujets tentés de venir creuser en quête de trésors enfouis. La graphie des idéogrammes ne ressemblait à rien de ce qu'il connaissait.

— Il pourrait s'agir d'un ancien site des Han, ce qui lui donnerait près de mille ans d'ancienneté, dit-il en se grattant le crâne.

Il songea avec tristesse que le temps emportait tout, même ce que des nobles tels que lui avaient édifié pour leur repos éternel. Le gouverneur, au contraire, exultait.

– Quelle chance ! Mon cher ami, le gouverneur du Luzhou, a trouvé toute une série de ces vieilles tombes, l'an dernier. Elles contenaient un mobilier de toute beauté, avec des incrustations d'or fin. Il l'a offert à l'impératrice et s'est vu nommer vice-ministre des Cultes ! Joli coup !

Il y avait donc encore des postes capables d'exciter la convoitise du puissant chef d'une province. Ti allait devoir réviser le train de sanctions qu'il prévoyait à l'encontre des pilleurs de tombes : le plus acharné d'entre eux était devant lui.

– Et s'il s'agit d'un tombeau impérial où repose le maître d'une ancienne dynastie ? objecta-t-il.

Le gouverneur ne se tenait plus de joie.

– C'est encore mieux ! dit-il d'une voix que l'excitation rendait plus aiguë. Pourvu que vous disiez vrai !

– Mais… et le respect dû à Leurs Majestés Impériales ?

Le respect dû aux Majestés disparues semblait pâlir beaucoup devant la flagornerie prodiguée aux Majestés en exercice. Sa Splendeur eut un sourire condescendant.

– Je crois que vous ne connaissez pas l'histoire du roi des Chu, Ti. Laissez-moi vous la conter. Il y a bien longtemps de cela, à l'époque des royaumes combattants, le roi Ping des Chu fit exécuter son ministre Wu She, qui avait déplu, ainsi qu'un des fils de ce dernier qui se trouvait là. Le second fils, Wu Zixu, étant parvenu à s'enfuir, jura de venger les siens. Lorsqu'il eut enfin réuni l'armée dont il avait besoin, le roi Ping était déjà mort et enterré.

Wu Zixu se fit indiquer sa tombe, ouvrit le sarcophage, en arracha le cadavre, qu'il fit fouetter et finalement décapiter. À côté de cela, ce que nous nous
apprêtons à faire à ce cher particulier décédé il y a
des lustres sera empreint de la plus grande considération.

Toute la journée, au risque d'être emportés par un
nouveau mouvement du sol, des terrassiers donnèrent
des coups de pioche de tous côtés pour exhumer les
pierres tombales, tandis que les scribes et secrétaires
du tribunal en assemblaient les morceaux pour déchiffrer les inscriptions. Celles-ci exposaient en général
la biographie, les mérites et les vertus du héros ou
de la bienheureuse enterrés à proximité.

Le gouverneur avait fait planter une tente en haut
de l'éboulis. Ses serviteurs avaient rouvert ses malles
afin d'aménager le bivouac avec tout le confort possible. Assis sur un large pliant recouvert de coussins
soyeux, il contemplait d'un œil ravi le déroulement
des opérations, tout en sirotant son thé des montagnes de l'Ouest. Ti avait été prié de lui tenir compagnie et d'écouter ses pronostics sur l'intérêt des
trouvailles à venir.

En fin d'après-midi, les scribes reconstituèrent la
stèle principale. Elle était prévue pour reposer sur
une tortue, symbole d'immortalité. L'une des faces
était sculptée d'un dragon dans sa partie supérieure
et portait une inscription particulièrement laudative
quant aux exploits de son commanditaire.

– Il avait les moyens, celui-là, dit le gouverneur,
à qui un chemin de planches installé à la hâte avait
permis de s'approcher sans se salir. Voilà certaine-

ment la tombe d'un puissant seigneur local. Dites-moi, Ti : si vous étiez un riche potentat de Peng-lai, avec quelles richesses vous feriez-vous enterrer ?

Les ouvriers déplacèrent le socle. Ainsi qu'on pouvait l'espérer, il dissimulait une dalle horizontale qui avait tout d'une trappe. Elle était ornée d'un hexagramme[1]. On la souleva à l'aide de solides bâtons. Quelques marches conduisant à un corridor obscur apparurent. Il fallut presque retenir le gouverneur pour l'empêcher de descendre là sans la moindre précaution.

– La nuit ne va pas tarder, remarqua Ti. Ne devrions-nous pas attendre le matin ?

– Pour quoi faire ? rétorqua Sa Splendeur du ton d'un gamin qu'on projette de priver de son nouveau jouet. Il fait noir, là-dedans, de toute façon : ça n'y changera rien.

Les serviteurs préparèrent un grand nombre de lampes pour les magistrats et ceux qui allaient les accompagner dans leur exploration souterraine. Ti n'était guère enthousiaste.

– Ne craignez-vous pas d'attirer le mauvais sort en profanant la dernière demeure d'un homme qui fut puissant ?

En vérité, il craignait moins les foudres d'un défunt que de voir Son Excellence glisser dans la boue et se casser un membre, ce qui aurait compromis son souvenir de ce séjour.

– J'ai déjà paré à cette éventualité, répondit le gouverneur.

---

1. Figure symbolique de l'art divinatoire Yi-king.

Deux soldats de sa garde personnelle amenaient justement une bonne femme dépenaillée. Il avait fait réquisitionner une espèce de sorcière, la première qu'on avait trouvée en ville. Ils avaient dû la tirer de son antre sans ménagement ni explication, car elle semblait fort inquiète. Un valet de Son Excellence lui exposa ce qu'on attendait d'elle, ce qui ne parut la rassurer qu'à moitié. Deux ou trois pièces d'argent firent davantage pour son moral. Elle huma le trou obscur qui s'ouvrait devant elle, se lança dans une litanie, fit quelques passes magiques et déclara qu'il n'y avait plus rien à craindre.

– Et si elle mentait ? suggéra le juge dans une ultime tentative pour repousser l'inévitable.

Le gouverneur avait hélas réponse à tout. Il n'y avait apparemment pas de fantôme assez terrifiant pour se dresser entre lui et le butin qu'il convoitait.

– Pour nous assurer de son sérieux, nous allons la faire descendre avec nous. Ainsi, elle n'a pas intérêt à ce qu'il reste la moindre trace d'esprit néfaste dans ce sous-sol. S'il se passe quoi que ce soit, elle aura affaire à quelqu'un de bien plus redoutable que tout ce qu'elle pourra trouver là-dedans, je vous prie de me croire !

Soucieux de préserver son invité autant qu'il lui était possible, Ti fit passer plusieurs hommes devant eux pour préparer le terrain. Il espérait que tout ce petit monde piétinerait assez le sol pour le raffermir, repérerait les flaques et les chausse-trapes s'il y en avait. Il aimait mieux voir l'un d'eux tomber dans une fosse que son auguste supérieur. Enfin, n'y tenant plus, le gouverneur le bouscula pour descendre à son tour, une lanterne à la main, avide de contempler les richesses dont le Ciel le comblait à l'improviste. Ti poussa un soupir de résignation et lui emboîta le pas, sans éclairage, pour être prêt à le rattraper des deux mains s'il venait à déraper.

Ils avaient pénétré dans une sorte de palais souterrain aux murs recouverts de bas-reliefs d'un style depuis longtemps révolu. Ils durent parcourir une longue galerie qui menait sûrement à la chambre mortuaire. Cela leur prit d'autant plus de temps qu'elle était barrée de plusieurs portes en pierre qu'il leur fallut percer. Les linteaux étaient chaque fois ornés de nouveaux trigrammes qu'ils ne pouvaient déchiffrer en l'absence d'un recueil de divination. Le scribe les copia soigneusement pour les faire traduire plus tard. Il convenait d'avancer avec précaution, malgré la hâte du gouverneur : l'endroit était en outre semé de fosses et de pieux.

– Ah ! Mais qu'est-ce qui leur a pris de disposer tous ces obstacles ! s'écria leur chef, que ces retards agaçaient.

– Ils craignaient peut-être les pilleurs, répondit Ti d'une voix sombre.

À peine eurent-ils franchi l'une des portes qu'un de leurs sbires tomba dans un trou si profond qu'on ne l'entendit même pas s'écraser.

– Comme c'est étrange, dit Son Excellence en lâchant sa lampe dans le gouffre, où elle disparut à sa vue avant de toucher le fond.

Ils comprirent qu'ils approchaient du but lorsqu'ils se heurtèrent à un mur en blocs de pierres liés d'un côté par un mortier tassé et de l'autre par du fer fondu. Après une heure d'efforts pénibles, ils dégagèrent un espace suffisant pour traverser.

Ti fit d'abord entrer le jeune secrétaire chargé de lire les inscriptions, puis un notable de la ville qui présidait la guilde des bâtisseurs, un antiquaire censé évaluer l'intérêt des objets, et un vieux sbire muni de recharges pour les lampes. Lorsque ceux-ci crièrent qu'on pouvait suivre sans risque, le gouverneur s'empressa d'aller contempler ses découvertes.

Ils se trouvaient dans une vaste pièce aux murs peints de scènes de banquets égayés par de jeunes musiciennes et de belles danseuses. Le mobilier était abondant. Dans des niches s'entassaient des ouvrages littéraires du temps jadis. C'était une véritable petite bibliothèque de textes antiques rédigés sur des lamelles de bambous. Le premier élan de curiosité passé, le gouverneur les jeta un à un par-dessus son épaule avec dédain :

– Des poèmes, encore des poèmes, blablabla… Vous ferez porter tout ça aux Archives impériales. Il y a là-bas quelques rats de bibliothèque que ces vieilleries intéresseront peut-être.

Tel n'était pas son cas. Il avisa des vases en métal posés à même le sol.

– Ah ! Voilà qui est mieux !

La vaisselle de bronze antique avait la réputation d'être d'une conception et d'une fabrication absolument remarquables. On n'en faisait plus de pareille, la technique s'était perdue. Les artisans de Chang-an excellaient en revanche à copier les motifs anciens, qui renouvelaient agréablement leur inspiration. À voir le ravissement du gouverneur, Ti fut

46

persuadé qu'il contemplait en réalité dans un plat sa nomination au Censorat, dans l'autre un beau domaine à la campagne, ici une commanderie et là un titre de duc.

Le plus étonnant était un tas de récipients à liqueur dont deux contenaient encore les traces d'un vin couleur émeraude. Cette boisson vieille de plusieurs siècles n'avait pas d'égale en ce monde.

– L'empereur sera très curieux de humer un breuvage si ancien.

– Une offrande destinée aux dieux… dit le juge Ti.

– N'est-il pas lui-même d'essence divine ?

Son Excellence se lança dans un partage plein d'à-propos : à l'impératrice, qui régnait en réalité sur le pays, les richesses et objets d'art ; à l'empereur, qu'on disait valétudinaire et retiré dans ses appartements, les vieilles amphores.

Ce n'était là que le magasin de la tombe, où l'on avait entreposé les réserves dont le défunt pouvait avoir besoin dans l'au-delà – et qu'il semblait s'être abstenu de consommer, ce qui jetait une ombre sur les promesses de survie *post mortem*. Dans une seconde salle se dressait un imposant sarcophage. Comme il devait contenir le corps du maître des lieux, Son Illustrissime Splendeur ordonna son ouverture pour voir si celui-ci avait été inhumé avec ses bijoux. Ti se demanda ce que penserait l'impératrice à se voir offrir des ornements arrachés à un vieux cadavre.

On s'inclina d'abord, toujours sur l'ordre du gouverneur, devant l'éminent personnage dont on allait troubler le repos. Après une courte prière pour apaiser ses mânes, ils l'examinèrent pour voir ce qu'on pouvait récupérer sur sa dépouille, parmi les brocarts plus ou moins tombés en poussière.

— Cette vision nous rappelle la vanité de toute chose, dit Ti.

— Je vous félicite de ne jamais perdre de vue l'enseignement de Confucius, répliqua le gouverneur en bourrant ses manches de colliers et de broches ornés de pierreries. J'ai bien fait de vous emmener. Vous conservez à notre expédition un air de dignité et de recueillement tout à fait admirable.

Sur un autel, près du sarcophage, reposaient dix statuettes en céramique vernissée. Ils étaient vraisemblablement en présence des gardiens à qui l'on avait confié la tombe. Elles représentaient dix créatures infernales, toutes différentes les unes des autres, afin que nul pillard ne puisse espérer échapper à la dent de l'une ou au glaive de l'autre. D'où que vînt l'intrus, il y en aurait bien au moins une sur les dix qu'il avait l'habitude de redouter.

— Ils ont bien fait, dit le gouverneur : des malandrins auraient pu repérer cet endroit avant nous.

Dans son esprit, le trépassé n'avait pu rêver plus grand honneur que de voir ses richesses offertes à Leurs Majestés pour être exposées à la Cour. Il jeta un rapide coup d'œil aux figurines. Le goût avait beaucoup évolué depuis l'époque où elles avaient été fabriquées. Elles lui parurent grossières et outrées.

Tandis que son chef faisait le tour du sanctuaire pour vérifier qu'il n'avait rien manqué, Ti examina de plus près les statues à la lueur d'un lampion. Elles portaient au verso des sentences religieuses. Ce n'étaient donc pas de vulgaires bibelots : elles étaient consacrées. Par conséquent, selon les croyances couramment admises, elles étaient habitées par l'esprit des divinités qu'elles représentaient. Elles constituaient un lien entre le monde des vivants et celui des esprits. Il donna l'ordre de les emballer avec précaution, en dépit du peu d'intérêt que leur portait son supérieur.

Les deux mandarins quittèrent la tombe, suivis par un interminable cortège de soldats chargés de ce qu'ils y avaient trouvé. Ces hommes avaient ordre de tout apporter au yamen, où les objets seraient entreposés en sûreté : il s'agissait de reliques sacrées qui devaient être traitées avec considération. Ayant dit cela, il admira l'effet que faisait à son doigt une belle bague en or ornée d'un gros rubis, qu'il avait arrachée à la main décharnée de son précédent propriétaire.

Les deux hommes s'assirent à l'intérieur du palanquin, qui prit le chemin de Peng-lai, précédés de valets munis de lanternes et brandissant des banderoles à la gloire de leur maître. Ce dernier était absorbé par ses nouvelles responsabilités.

– Voyons… Quel est l'endroit le plus sûr de votre tribunal ? demanda-t-il.

– La prison, sans nul doute, illustrissime seigneur. Hormis le fait qu'elle est occupée par des détenus, bien sûr.

– Fichez-les dehors ! rugit le gouverneur.

Ti se dit qu'il ne faisait pas grand cas de la sécurité publique. Les fines intrigues de cour s'étaient invitées à Peng-lai. Les règles de la vie ordinaire avaient perdu toute valeur.

Son Illustrissime Splendeur était enchantée de sa visite. Jamais on ne l'avait aussi bien accueillie. L'ouverture d'une tombe antique était un plaisir rare. Ces trouvailles allaient l'aider à se pousser en cour. Elle promit au juge Ti qu'il y aurait de l'avancement pour tout le monde.

Elle passa ensuite la soirée à se faire montrer ses trésors un à un. Les secrétaires commencèrent à les répertorier et à les dessiner pour que Son Excellence puisse faire part de sa découverte à la capitale en attendant d'y aller en personne : nul doute que Leurs Majestés, dès qu'elles auraient vent de l'affaire, l'y convoqueraient pour se faire présenter les objets.

Ni Houan-tché ne se lassa de ce petit jeu que tard dans la soirée, recommanda qu'on entrepose tout cela sous bonne garde et alla enfin se coucher, au grand soulagement du juge Ti, que ces émotions avaient épuisé.

IV

Le juge Ti arrête un dieu de terre cuite ; on lui présente un fantôme.

Dès l'aube, le premier souci de Ti fut de s'enquérir de l'humeur de son hôte. Par chance, sa deuxième nuit à Peng-lai avait été parfaitement paisible. Son excursion sous terre avait nourri les rêves du gouverneur de visions agréables. Ti s'assura qu'une collation copieuse lui avait été servie. Il se fit annoncer, s'approcha du lit où reposait son supérieur et s'empressa de lui adresser ses vœux dc bon voyage :

– Le ciel est dégagé, Votre Illustrissime Splendeur devrait bénéficier d'un trajet sans encombres.

– S'en aller d'ici sera un déchirement, Ti. Votre ville a bien mérité son nom de « paradis céleste[1] », dit-il avec gaieté, sans se douter que les mauvaises nouvelles étaient sur le point de s'abattre sur sa tête comme la grêle sur un étang de lotus.

Il ne resterait bientôt de sa félicité que dentelles et lambeaux, telles les feuilles du nénuphar percées

---

1. Telle est la signification du mot « peng-lai ».

par mille cailloux de glace au changement de saison.

Ti introduisit son secrétaire. Le jeune homme n'avait pas chômé : après avoir surveillé le transport des trouvailles, il avait passé une partie de la nuit à les dessiner et avait couru aux premières lueurs dans une échoppe de divination pour faire traduire les hexagrammes gravés au-dessus des portes. Après consultation de son exemplaire du Yi-king, le devin avait écrit leur signification sur un bout de parchemin. Le scribe était mal à l'aise.

– J'ai deux nouvelles, illustrissime seigneur. La bonne, c'est que nous avons décrypté les inscriptions. Nous n'avons plus le moindre doute quant à leur signification.

– Merveilleux ! dit le gouverneur. Que disent-elles ?

Il se réjouissait déjà d'avoir quelques anecdotes supplémentaires à raconter aux amateurs d'art de la capitale pour pimenter le récit de son aventure.

– Elles vouent à toutes les malédictions quiconque violera ce sanctuaire, répondit le scribe. C'est la mauvaise nouvelle.

Il leur fit la liste des supplices promis par les hexagrammes. Il s'agissait des plus mauvais symboles répertoriés par le *Livre des mutations*, ceux qui prédisaient une mort douloureuse dans les plus brefs délais :

– Le premier est le « tshen » : ébranlement, crainte et effroi. Le deuxième, « ming yi », signifie blessure, accident nuisible. Je vous épargne la suite, c'est de pire en pire. Le devin que je suis allé voir surnomme la première de ces configurations « Pas le temps de verser une larme » et la seconde « Catastrophe au coin de la rue ». Ce sont celles que les mages se gardent d'expliquer à leurs clients s'ils souhaitent conserver leur pratique.

Le gouverneur était contrarié. Il réfléchit un instant.

– Bah ! Nous sommes nombreux à y avoir pénétré. Si les calamités devaient s'abattre sur tout ce monde, il n'y aurait plus qu'à organiser un deuil public, n'est-ce pas ?

Il pria Ti d'envoyer chercher les bijoux, qu'il désirait prendre avec lui. Le juge eut à peine le temps de sortir dans le couloir pour transmettre cet ordre qu'un sbire surgissait déjà, la mine sombre. Le soldat s'agenouilla devant son chef, comme il était d'usage pour annoncer une calamité. Le premier garde à pénétrer dans la prison avait constaté qu'elle avait été cambriolée, et le gardien, assassiné. Un peu plus pâle, Ti retourna dans la chambre, où le haut fonctionnaire terminait sa collation. Il plia à son tour les genoux :

– J'ai le pénible devoir de vous apprendre un méfait survenu pendant la nuit. Quelqu'un s'est servi dans votre butin... je veux dire : dans les reliques sacrées qui vous ont été confiées par les dieux.

Le gouverneur lâcha bol et baguettes et bondit hors de son lit, horrifié à l'idée de ses chers trésors envolés. Les deux hommes se rendirent en hâte dans la petite cour intérieure sur laquelle donnait la prison. Ti maugréait en lui-même contre le mauvais sort. Tout allait trop bien, l'affaire ne pouvait pas se conclure aussi favorablement. Il avait eu la prémonition que la situation irait de mal en pis dès l'annonce de cette coulée de boue.

Ils se firent ouvrir la porte et contemplèrent une scène lamentable : au milieu du dallage, allongé sur le côté droit, le vieux sbire Mao gisait dans une mare de sang. On l'avait égorgé à l'aide d'une lame bien aiguisée.

– Quelle incompétence ! ragea le gouverneur. Ce Mao aura à rendre des comptes au juge du Ciel lorsque son cas sera étudié. Mourir en commettant une faute professionnelle, quelle bévue ! J'interdis qu'on fasse réciter des prières pour son transit : qu'il se débrouille !

Le regard du juge Ti fut immédiatement attiré par un objet mat posé sur le sol, non loin du corps. Il reconnut l'une des dix statuettes qu'ils avaient ôtées la veille à la tombe du champ de l'ouest.

Il n'eut que quelques instants pour inspecter le lieu du crime et en graver les détails dans sa mémoire. La grande préoccupation du gouverneur fut de faire répertorier ses trésors par les secrétaires grâce à la liste rédigée la veille. Il apparut que seules neuf des dix statues en céramique étaient manquantes, en tout et pour tout. On avait tué un garde au milieu du yamen pour quelques effigies en terre cuite vernissée !

– Le voleur n'aura pas pu se charger des ustensiles en bronze, trop encombrants et trop lourds, conclut Ni Houan-tché. Dans la pénombre, il se sera saisi de ces horreurs en pensant qu'elles valaient quelque chose. Un imbécile, en plus d'être sans moralité !

Ce qui troublait le juge, c'était l'absence de traces d'effraction. Comment le bandit était-il parvenu à pénétrer dans cette salle ? La grosse porte bardée de fer s'ouvrait à l'aide d'une clé dont il n'existait qu'un seul exemplaire. Une rapide vérification lui montra que celle-ci pendait toujours à la ceinture du malheureux Mao. Ce détail mis à part, ce vieil homme mal en point, fatigué par une rude journée passée à retourner la terre avec ses compagnons, avait constitué une proie facile pour les voleurs. Par chance, le personnel avait pris la précaution de remiser dans un coffre les articles en matières précieuses, les bijoux notamment.

– Au moins, nous tiendrons le coupable dès que quelqu'un s'avisera de vouloir monnayer ces monstruosités auprès des antiquaires, remarqua le gouverneur. Je compte sur vous pour lui appliquer un châtiment exemplaire, Ti.

Selon le code pénal des Tang, rien n'était plus exemplaire qu'une mort lente infligée sous les murailles de la cité pendant une heure ou deux par un bourreau expert.

– Je vous adresserai le mien si le vôtre est trop rapide. Il découpe des lambeaux de peau si fins qu'on est obligé de se faire servir à déjeuner sur place si on veut assister à l'intégralité du supplice.

Ti constata avec soulagement que Son Excellence ne regrettait pas trop les statuettes.

– Vous ferez renforcer la garde : il ne faudrait pas qu'on nous prenne autre chose. Bon. Rien de grave ne s'est produit, en fin de compte. L'incident est clos. Je vous laisse enquêter sur la mort de

M. Dupoil[1] ! conclut-il, très content de son jeu de mots. Certaines gens ont le chic pour périr dans les circonstances les plus ridicules et les plus inutiles qui soient !

Pour un homme qui avait en charge les existences d'une province entière, l'assassinat d'un humble sbire n'était pas un événement majeur. Ce qui le contrariait le plus, c'était l'affront fait à son autorité. On l'avait volé sous son nez, dans une maison qu'il habitait. Sa susceptibilité exigeait que l'insolent soit condamné à la plus lourde peine prévue par la jurisprudence, très fournie en la matière.

Tandis que Son Excellence retournait à ses appartements pour se livrer aux mains de ses habilleurs, coiffeurs, barbiers et manucures, Ti examina la statuette qui restait. Elle représentait un guerrier aux mains crispées sur le manche d'une épée, la mine menaçante, sourcils froncés, dans l'attitude que la tradition conférait aux combattants célestes, magistrats des royaumes invisibles et redresseurs de torts, afin de leur donner un air terrible. C'était en quelque sorte une effigie de la justice divine, dont nul ne pouvait retenir le bras armé. Il remarqua un liquide poisseux qui avait coulé le long du glaive factice. La lame était trempée de sang, comme si le guerrier s'était attaqué au vieux gardien avant de retrouver la rigidité d'un personnage en argile cuit. Ti pensa tout d'abord que l'objet avait été éclaboussé lors du meurtre ; mais seule l'épée était sanglante. Il se

1. Le patronyme Mao signifie « poil » en chinois.

demanda s'il n'y avait pas là un message laissé par l'assassin à l'intention de quelqu'un.

Li Shigu, le jeune secrétaire, était en train de préciser son inventaire. Ti lui fit signe de quitter ses tablettes pour venir répondre à quelques questions.

– Dis-moi : qui est ce petit bonhomme barbu ? Que représente-t-il ?

Le scribe prit la figurine et la retourna.

– Votre Excellence voit-elle ce symbole gravé sous le socle ? C'est l'emblème du cinquième roi des enfers, Yanluo.

On discernait vaguement une étoile au milieu d'un anneau. D'un coup de pinceau rapide, l'un des employés avait apposé à côté la marque de leur tribunal. Ce nom de Yanluo n'était pas inconnu au juge Ti. Guère assidu à la fréquentation des temples, il pria son scribe de lui rappeler la carrière de ce prince des ténèbres.

– Yanluowang, le roi Yanluo, est le plus célèbre des dix rois des enfers. Il dirige un petit personnel de démons chargés de tourmenter les damnés et de capturer les âmes que leur méchanceté a désignées à son attention. Ses acolytes sont eux-mêmes des créatures qui ont mal tourné, et leur fonction constitue pour eux aussi un châtiment.

– Il me semble que plusieurs des statuettes disparues étaient dotées d'une tête d'animal. Serait-il possible que...

– Je le pense aussi, noble juge, confirma le jeune Li. Ces œuvres d'art faisaient partie d'un ensemble. Je pense que nous avions Yanluowang et sa meute.

Je pourrai vous en dire plus quand j'aurai récupéré les dessins que j'ai faits hier soir.

Ils avaient donc sous les yeux l'effigie d'une divinité vengeresse, posée dans le sang d'une victime. Tout cela ressemblait à une mise en scène macabre. Ti se demanda si le vol était bien le mobile du crime, ou s'il n'avait pas devant lui le résultat d'une vengeance placée sous le signe d'un dieu dont c'était la spécialité.

– Tu me mettras celui-là sous clé, recommanda-t-il au jeune homme. Je ne tiens pas à ce qu'il s'envole comme les autres.

Le scribe Li continuait de noircir du parchemin comme s'il s'était trouvé dans leur salle des archives tranquille et sûre.

– Cela n'a pas l'air de t'effrayer, ce meurtre et ce relent de rancune divine, remarqua le juge.

– Oh, fit Li Shigu, rien ne m'effraie hormis les foudres de mon chef de service. Cette période est en outre particulièrement faste pour moi. Je me marie dès que la fête des âmes affamées sera finie.

– Tu te maries ? répéta le magistrat. Je te félicite.

Un sourire s'épanouit sur les traits du scribe.

– J'ai eu la chance d'entrer en contact avec la famille d'une jeune fille de grande vertu. Mes parents m'ont trouvé une demoiselle aussi sage que belle. Le prêtre taoïste qui a choisi le jour des noces d'après nos conjonctions astrales a affirmé que notre union s'annonçait sous les meilleurs auspices. Je suis le plus chanceux des hommes ; partant, rien ne saurait m'atteindre.

Ti fut ému par cet optimisme de vieil adolescent sur le point de changer de vie. Après son troisième mariage, il était bien placé pour avoir à ce sujet une opinion plus nuancée. Li Shigu n'avait pas repris ses annotations. Il hésitait, le pinceau en l'air.

– Oserai-je demander à Votre Excellence la permission de m'absenter cet après-midi ? Je dois aller m'incliner devant les parents de ma promise, conformément à la tradition.

Le jeune homme n'avait pas hésité à travailler une partie de la nuit et de nouveau très tôt ce matin-là pour satisfaire les exigences du gouverneur ; il méritait bien une petite faveur. Ti lui prodigua ses vœux de bonheur et lui accorda sa journée.

Il était temps d'ouvrir l'audience du matin. Avec le gouverneur entre leurs murs, ce n'était pas le moment, de relâcher la discipline imposée par le calendrier. Ti se dépêcha d'aller revêtir sa robe de cérémonie et se rendit au tribunal. Il constata avec soulagement l'absence de Son Illustrissime Splendeur. Celle-ci avait eu son content d'émotions avec la séance de la veille. Elle s'était dispensée d'assister à un éventuel reflux de fantômes assassins suivis de leur aréopage de magiciens duplices.

Hélas pour le juge Ti, les seules calamités inscrites à l'ordre du jour étaient les deux mêmes cas ennuyeux qu'on avait déjà tenté de lui soumettre la veille, le litige cadastral et le contentieux commercial. Il leur prêta une oreille distraite. Le meurtre qu'il avait à présent sur les bras correspondait davantage aux motivations qui l'avaient poussé à embrasser cette carrière de sous-préfet.

Une fois qu'il eut renvoyé les plaignants avec la promesse de trancher dans les plus brefs délais, il annonça qu'un meurtre avait été commis dans les locaux du tribunal et lança un avis de recherche pour les statuettes volées.

– N'oubliez pas, prévint-il de sa voix la plus sévère : quiconque sera trouvé en possession d'un de ces objets, même s'il n'est pas le voleur, sera condamné pour complicité de meurtre. En revanche, celui qui permet de récupérer le butin d'un vol a droit à une récompense.

Comme il s'apprêtait à clore la séance, un huissier vint lui demander s'il acceptait d'entendre une troisième victime.

– Ça dépend, dit le juge, craignant qu'il ne s'agît d'un nouveau différend propre à endormir un insomniaque. De quoi se plaint-elle ?

– D'un fantôme, noble juge.

– Ce n'est pas d'une folle originalité, par les temps qui courent. Mais soit !

Il était prêt à se pencher sur toutes les bizarreries du monde pour se distraire des questions de terrains et de négoce. Il reconnut tout de suite le petit bonhomme qui vint s'agenouiller devant l'estrade. C'était un marchand fortuné qu'on avait fait appeler la veille pour descendre avec eux dans le tombeau parce qu'il s'y connaissait en vieilleries. L'homme entama son discours d'une voix émue.

– L'humble antiquaire Dong Si n'aurait jamais osé déranger Votre Excellence dans ses occupations s'il n'avait été la proie d'un problème insoluble qui lui gâche la vie.

Ti le pria d'exposer l'objet d'une si grande contrariété.

– Le misérable Dong Si a eu hier le privilège
d'être présenté à Leurs Excellences, si bien qu'il
s'enhardit aujourd'hui jusqu'à venir exprimer ses
inquiétudes. J'ai à me plaindre d'un fantôme qui a
pris pension chez moi et refuse absolument d'en
être délogé.

L'assistance émit des murmures de surprise et
de consternation. Ti remarqua, près de la porte, la
présence d'une femme plantureuse aux sourcils froncés. M. Dong avait dû venir en compagnie de son
épouse, qui paraissait désapprouver sa démarche. Au
reste, il n'y avait rien là que de compréhensible :
les juges avaient la réputation de s'en prendre aux
quémandeurs s'ils estimaient avoir perdu leur temps
avec des sottises.

– Voici déjà plusieurs années, j'ai constaté des
phénomènes inexplicables, poursuivit M. Dong. Des
objets changeaient de place tout seuls pendant la
nuit. Des victuailles disparaissaient alors que portes
et fenêtres étaient verrouillées. Souvent, j'ai l'impression d'être épié par une présence invisible. J'entends
des bruits de pas alors qu'il n'y a personne. Une
fois, j'ai même vu la face livide d'un spectre qui me
contemplait depuis chez moi alors que je m'apprê-
tais à rentrer. Mon épouse peut en témoigner, ajouta-
t-il en désignant la femme bien en chair debout près
de la sortie.

Il semblait au juge qu'une telle affaire relevait
plutôt des autorités religieuses. M. Dong affirma que
tous les exorcismes imaginables avaient été pratiqués

depuis longtemps. Ti constata avec ravissement qu'on s'adressait à lui en désespoir de cause, une fois que les recours sensés avaient été épuisés. Il conseilla au malheureux de déménager. L'antiquaire leva les mains au ciel.

– Je l'ai fait, noble juge ! Deux fois ! Le fantôme m'a suivi ! Il ne se sent bien que dans l'intimité de mon foyer ! Les dieux ne m'ont pas accordé de descendance ; les démons, en revanche, m'ont gratifié d'une présence indésirable qui gâte l'agrément qu'un homme honnête est en droit de trouver dans sa demeure. Je supplie Votre Excellence d'user de ses pouvoirs de manière à bouter ce contrevenant hors de mon intérieur.

Ti se demanda à quelle sorte de pouvoirs ce Dong faisait référence. Il ne disposait pas de pinces magiques pour saisir les êtres immatériels.

– J'ai d'abord cru qu'on m'avait refilé une maison où un crime de sang avait été commis, aussi en ai-je changé. Il n'a pas fallu deux mois pour que ces nuisances reprennent de plus belle. Et la fois suivante, ça a été la même chose ! Mon épouse dit qu'il faut apprendre à vivre avec notre pensionnaire invisible. Quand nous nous absentons pour plusieurs jours, elle laisse de la nourriture afin de ne pas l'exaspérer.

Les regards convergèrent vers Mme Dong, qui ne savait plus où se mettre, affligée de voir son époux faire un scandale public de leur problème domestique.

– De la nourriture, vraiment ? s'étonna le magistrat.

62

Il allait devoir se renseigner pour savoir quel culte inconnu de lui nécessitait de laisser à manger derrière soi hors des célébrations officielles dédiées aux âmes des disparus. Sensible néanmoins au désarroi de l'antiquaire, il promit de voir ce qu'il pourrait faire, et même de se déplacer s'il en était besoin. En ces temps de fête des âmes errantes, il convenait de rassurer la population autant que possible. Dong Si se confondit en remerciements et se retira à reculons, plié en deux par la gratitude.

Ti déclara la séance terminée. Il était temps d'aller saluer Son Illustrissime Splendeur, qui devait être en train de mettre la dernière main à la préparation de son départ. De fait, il trouva son supérieur dans la cour d'honneur, déjà assis dans son magnifique palanquin de voyage, le coffret aux bijoux posé sur les genoux, de peur qu'un nouveau malandrin ne s'avise de lui ravir un bien si rudement dérobé à un seigneur défunt.

Le juge était en train de lui exprimer pour la seconde fois combien il avait été honoré de sa visite quand un sbire s'approcha, la face décomposée.

– Dis-moi qu'on ne vient pas de signaler un nouveau décès, grogna Ti, dont le front se plissait d'un sillon de contrariété de plus en plus marqué.

– Pas un mais deux, noble juge, répondit le militaire d'une voix atone. Je présente à Votre Excellence mes plus plates excuses pour cette odieuse nouvelle.

Le gouverneur haussa le sourcil :

– Dites-moi, c'est l'hécatombe, chez vous ! Je ne m'étonne plus que vous ayez cette réputation d'enquêteur prêt à tout : il faut au moins ça pour recenser ces cadavres qui tombent comme des mouches !

Il n'était pas à quelques minutes près. L'idée lui vint de suivre le juge sur le terrain, une attitude certes un peu vulgaire, mais qui ne manquerait sûrement pas de piquant.

– Allez, montez, je vous dépose ! lança-t-il au magistrat déconfit, debout devant son équipage.

Les porteurs soulevèrent le véhicule et l'emportèrent hors de la cour d'honneur, conduits par un sbire dont les oreilles auraient rougi s'il avait su à quels tourments infernaux son maître était en train de le vouer.

V

Le juge Ti découvre un meurtre incompréhen-
sible ; on le charge de rétablir l'ordre de curieuse
façon.

Les porteurs déposèrent leur charge à proximité
d'un attroupement qui signalait sans doute possible
la maison du crime. Le gouverneur confia son coffret
à son majordome afin d'aller voir de ses yeux comment s'y prendrait le plus surprenant sous-préfet de
sa juridiction.

– Bien que j'incarne l'ordre et la justice, je n'ai
jamais l'occasion de constater un délit personnellement, dit-il en posant sa botte brodée sur la poussière de la rue. Je n'ai pas votre chance, Ti !

Ses soldats écartèrent vivement les badauds pour
permettre à leur maître d'atteindre la maison de l'horreur sans devoir se mêler à la foule. Le chef de quartier, ultime maillon de la chaîne policière, s'agenouilla
immédiatement devant le visiteur, impressionné de se
trouver en présence d'un si auguste personnage. Il
releva la tête pour leur apprendre qu'ils étaient chez
un honnête commerçant en tissus qui vivait là avec

sa femme et ses enfants. Le haut fonctionnaire répondit que cela tombait bien : jamais il n'avait eu le bonheur de pénétrer chez un honnête marchand de tissus, encore moins chez un honnête marchand où un meurtre venait d'être commis.

– Nous ne sommes pas sûrs qu'il s'agisse d'un meurtre, rectifia le sbire qui les avait amenés. Le cas est assez étrange pour nécessiter l'expertise de Vos Excellences.

Lorsqu'ils eurent sous les yeux la raison pour laquelle on les avait appelés, les deux mandarins se dirent qu'ils auraient mille fois préféré se trouver en présence d'un meurtre clair et net. La chose qu'on soumettait à leur jugement était la plus déconcertante qu'ils aient jamais vue.

On les introduisit dans un salon au mobilier simple mais solide et confortable. Son style correspondait bien à la demeure d'un boutiquier aisé, ennemi de toute ostentation. La décoration ne témoignait pas d'une grande culture. Les murs étaient dépourvus des peintures élégantes ou des exemples de calligraphie savante qu'on aurait pu admirer chez une famille de lettrés. Il régnait un léger relent de brûlé. Ti supposa qu'elle venait d'un poêle sur lequel on avait mis à chauffer une bouilloire ainsi que des galettes de blé à présent carbonisées.

Assis sur un long coffre recouvert de coussins, un couple était tendrement enlacé. La situation n'avait rien d'anormal, de prime abord. Son étrangeté n'apparaissait qu'au bout de quelques instants. Les jeunes gens ne bougeaient pas. Ils ne quittaient pas la pose, insensibles au fait que la pièce fût pleine de monde.

Une telle attitude était à ce point contraire à la décence qu'il y avait là quelque chose d'horriblement dérangeant. S'étant approché, Ti constata les signes indubitables d'un double décès. Ils étaient morts dans cette position, leurs corps s'étaient raidis alors qu'ils se tenaient l'un l'autre. On les avait changés en statues de chair.

Le gouverneur Ni crut pouvoir se permettre des commentaires désabusés sur ces jeunes filles qui recevaient sans honte leurs admirateurs chez « les honnêtes marchands de tissus ».

– Elles en usent à leur tête, de nos jours ! Ma dernière épouse est un peu dans ce genre-là. Cela m'a amusé jusqu'à nos noces, puis j'y ai mis bon ordre.

Ti fut stupéfait de découvrir qui était le garçon. Il avait sous les yeux son jeune secrétaire, Li Shigu, qu'il avait quitté en pleine santé deux heures plus tôt, après que le malheureux s'était réjoui de convoler en justes noces avec une demoiselle de la meilleure moralité. À bien y réfléchir, ce compliment semblait très exagéré. « J'aimerais aller m'incliner devant les parents de ma promise », avait dit ce gredin de Li Shigu. Ce n'était pas précisément devant deux personnes d'âge mûr qu'il s'inclinait à ce moment. Quelle jeune fille bien élevée se permettrait de recevoir son amoureux en l'absence de sa famille, avec l'intention évidente de lui accorder des faveurs que les convenances n'autorisent qu'à l'issue d'une cérémonie en bonne et due forme ?

Le gouverneur s'était tenu à peu près le même raisonnement. Il contemplait les deux cadavres d'un œil goguenard.

– Comme je le dis toujours, il n'y a que dans les castes laborieuses qu'on s'amuse vraiment. Chez les nobles, les femmes sont surveillées de près. Quant aux pauvres, ils n'ont ni les moyens de prendre du bon temps, ni la culture nécessaire pour apprécier leur liberté. Ah ! Que ne donnerais-je pas pour être né dans un clan de riches marchands !

« Vos dix épouses, vos innombrables serviteurs et vos titres nobiliaires, pour commencer », fut tenté de lui rétorquer le juge.

On les avait tués alors qu'ils étaient trop occupés l'un de l'autre pour s'apercevoir de ce qui leur arrivait. Cette explication aurait suffi à Ti s'il avait pu constater la moindre marque de coup. Comble d'incohérence, le chef de quartier leur indiqua que la pièce était fermée de l'intérieur à son arrivée.

– La demoiselle se nomme Su Xiaomei, expliqua-t-il. Je crois que ce visiteur était son fiancé. Je l'ai vu apporter les cadeaux de mariage, la semaine dernière, avec ses parents.

Le juge Ti confirma du menton. La vieille dame qui logeait au-dessus, une parente éloignée, avait entendu une voix masculine. Elle avait cru que Mme Su était là et avait frappé à la fenêtre pour lui parler. Comme elle ne recevait pas de réponse, elle avait poussé le battant suffisamment pour voir le couple s'embrasser sans vergogne. Elle leur avait crié de cesser, en vain. Résolue à mettre fin à ce scandale, elle était allée trouver le chef de quartier, qui avait hélé le premier garde venu. Ils avaient fini par enfoncer la porte, pour découvrir les jeunes gens inertes sur le sofa.

– Où sont les autres habitants ? demanda le juge.

Les parents étaient à leur commerce. On était allé les prévenir, ils n'allaient pas tarder. Ti comprit soudain pourquoi Li Shigu avait souhaité disposer de sa journée. Il savait les Su absents et désirait en profiter pour provoquer un tête-à-tête vivement réprouvé par la morale.

– Ils se préparaient pour la fête du mariage, dit le gouverneur sur un ton emphatique, et c'est au tombeau que l'on va les mener. Voilà un beau sujet de poème. J'en parlerai à quelques écrivains de ma connaissance, à la capitale. Ces enfants auront peut-être la consolation de finir dans un recueil orné de jolies peintures, qui sait ?

Pour l'heure, ce n'étaient pas les poètes de Chang-an, qui intéressaient le juge, mais un double décès mystérieux qu'il lui incombait d'expliquer. Tandis que Son Excellence étudiait d'un œil curieux la décoration d'un salon de sa chère classe laborieuse, il se demanda si les annales judiciaires citaient au moins un cas de baiser mortel. Il n'avait, pour sa part, jamais entendu parler d'une telle chose.

Le ménage Su débaula en toute hâte, aussi horrifié de ce qu'on lui avait appris que de voir le voisinage aggluttiné devant son porche.

– Ah ! Voilà les honnêtes marchands de tissus ! déclara le gouverneur comme s'il assistait à l'entrée de nouveaux personnages au deuxième acte d'une comédie.

Mme Su poussa un cri perçant en apercevant sa fille dans les bras du promis. Il fallut la retenir pour l'empêcher de se jeter sur les corps, auxquels leur posture conférait une épouvantable ressemblance avec la vie. Son mari tomba à genoux devant une effigie du Bouddha posée dans un angle de la pièce. Il commença à se balancer d'avant en arrière et à se frapper la poitrine tout en implorant la divinité de lui expliquer laquelle de ses vies antérieures lui avait valu une si terrible punition.

Ti était affreusement gêné d'être là. L'endroit était hélas le lieu d'un crime, aussi ne pouvait-il l'abandonner aux parents éplorés. Le gouverneur, en revanche, poursuivait consciencieusement son étude des us et coutumes de ses administrés. Le juge l'entendit murmurer qu'il avait bien remarqué les progrès de cette religion étrangère, d'année en année, et que le Bouddha doré assis dans sa niche était en toc.

Deux personnes se présentèrent à leur tour sur le seuil. Ti s'apprêtait à ordonner qu'on les refoule quand un sbire annonça qu'il s'agissait des père et mère du défunt, prévenus par la rumeur publique. Ils ne ressemblaient en rien aux boutiquiers grassouillets en train de se lamenter sur le tapis. Minces et raides, ils se contentèrent de lancer un coup d'œil à la dépouille de leur malheureux fils, puis allèrent s'incliner devant le gouverneur, dont ils avaient remarqué le palanquin devant la maison. Ti reconnut bien là l'impassibilité de bon ton à laquelle une famille de lettrés ne pouvait manquer de se tenir.

– J'aurais dû me douter que cette maison était du genre de celles où arrivent les malheurs, lâcha le très digne M. Li en contemplant autour de lui le décor de mauvais goût.

M. Su se détourna de son Bouddha comme si une guêpe l'avait piqué.

– Jamais un tel accident ne nous avait frappés avant que votre fils ne mette les pieds chez nous sans y avoir été invité ! répliqua-t-il sur un ton cinglant.

Chacun chercha dans sa mémoire quelle idée saugrenue l'avait poussé à contracter une alliance aussi absurde. Il y avait l'entremetteuse, tout d'abord, cette embobineuse. Et ensuite le prêtre qui avait dressé ce merveilleux thème astral d'après les dates de naissance des fiancés. Au bout de quelques minutes d'échanges acides, ils ne tombèrent d'accord que pour accabler l'escroc qui avait osé décréter que cette union était voulue par les dieux.

– Dix coups de bambous pour le devin ! déclara le gouverneur, qui semblait s'amuser beaucoup. Une telle erreur professionnelle est impardonnable !

Ti pria les familles de se retirer, car il souhaitait continuer d'examiner la pièce. Il leur recommanda de rassembler leurs esprits afin de répondre clairement à ses questions lors de la prochaine audience, ainsi que le prévoyait la procédure.

En quittant les lieux, les deux familles rencontrèrent des serviteurs qui apportaient des cadeaux de félicitations envoyés par des parents habitant une ville voisine, ce qui jeta les dames dans un torrent de larmes.

Ti retourna aux jeunes disparus enlacés en un chaste baiser. Pouvait-il s'agir d'une vengeance familiale ? L'absence d'indice était désespérante.

– Vous voulez un indice ? murmura soudain le gouverneur d'une voix blanche. Je crois que j'en tiens un !

Il désignait une statuette en terre cuite posée sur un guéridon, à l'autre bout de la pièce. Elle représentait une femme ailée et ressemblait furieusement à la série enlevée au tombeau. Ti ne s'y était pas intéressé de très près lors de leur découverte, mais c'était bien la même teinte, la même taille, la même facture.

– Dites-moi, c'est une production locale ? demanda le gouverneur. J'ignorais qu'on en trouvait dans toutes les maisons de cette ville.

Ti retourna la figurine.

– C'est bien la nôtre. Regardez : elle porte la marque de mon yamen qu'on y a apposée hier soir.

C'était à croire que ces figurines se promenaient librement à travers Peng-lai. Le gouverneur faisait grise mine : la situation sentait le riz pourri. Ti se remémora la dernière conversation qu'il avait eue avec son secrétaire. En bon émule de Confucius, Li Shigu avait affirmé ne pas être superstitieux. S'il en avait été différemment, il se serait abstenu de manipuler cet objet et aurait peut-être été encore en vie à cet instant.

Le gouverneur, quant à lui, songeait aux hexagrammes du tombeau, ces inscriptions codées par lesquelles le défunt maudissait ceux qui oseraient violer le sanctuaire. Il ne se sentait plus autant en sécurité.

– C'est une calamité, dit-il entre ses dents.

– Oui. Surtout pour eux, approuva le juge Ti, qui observait le couple changé en pierre.

Son Illustrissime Splendeur eut subitement hâte de s'en aller. Il y avait foule dans la rue. La nouvelle d'un second assassinat avait plongé la population dans la plus grande perplexité. La présence d'un palanquin du gouvernorat n'arrangeait rien. Les deux mandarins s'apprêtaient à prendre place à l'intérieur lorsque s'éleva un brouhaha. Les gens s'écartèrent pour livrer passage à une créature bizarre qui marchait droit sur la maison. Il sembla à Ti que c'était une femme, étant donné sa petite taille et l'épaisse chevelure qui se déployait librement dans son dos. Pour le reste, elle était couverte de peaux de bêtes et portait des cornes de cerf. C'était une horreur ambulante, aux yeux cernés de poudre noire, aux joues blafardes, une vision de cauchemar.

– Les morts sont en colère ! rugit-elle en agitant un hochet de plumes surmonté d'une tête d'animal. Ils sont déterminés à nous faire payer notre audace !

Prononcées en pleine rue, ces admonestations avaient de quoi terroriser le peuple. Ti reconnut la magicienne qui les avait précédés dans la tombe. En grande tenue, elle était aussi effrayante que les spectres dont elle parlait. Horriblement impressionnés, les badauds la regardaient avec des yeux écarquillés. Le gouverneur ne fut pas le dernier à frissonner d'effroi, d'autant qu'il était l'un des rares à être au courant des pérégrinations intempestives des déités en céramique. Les gens commençaient à murmurer que la tombe n'aurait pas dû être profanée, surtout en pleine fête des âmes affamées. Une fois installé dans le palanquin, Ti balaya ces peurs populaires d'un haussement d'épaules purement confucéen :

– Heureusement, nous, lettrés, sommes au-dessus de ces superstitions lamentables ! dit-il avec un sourire complice à l'intention de son supérieur.

– Oui. Heureusement, répéta ce dernier avec moins de conviction.

Tout à coup, le coffret à bijoux posé sur ses genoux lui brûla les mains. Il le passa à Ti aussi vivement que s'il s'était agi d'un tison ardent.

– Nous rentrons au yamen ! lança-t-il à son majordome d'une voix un peu plus forte que nécessaire.

Comme les autres, le haut fonctionnaire se demandait si les génies des statuettes n'avaient pas commis ces méfaits pour venger l'effraction perpétrée chez le défunt. La rumeur s'était répandue comme une traînée de poudre. Les regards torves que leur jetèrent les passants tout le long du trajet ne lui laissèrent pas oublier son appréhension. Il était excédé :

– Je vous l'avais bien dit que la septième lune portait malheur ! Votre scepticisme nous a tous mis dans le pétrin, Ti !

Le juge n'osa rien répondre. C'est donc en silence qu'ils parcoururent le reste du chemin, jusqu'à ce que le gouverneur s'écrie, à la vue du portail :

– Je n'aime pas beaucoup ces enquêtes de terrain, en fin de compte.

Tandis que son supérieur se retirait dans ses appartements pour réfléchir – le départ semblait une nouvelle fois différé –, Ti se dirigea vers les archives du tribunal. Il souhaitait se renseigner sur la statuette trouvée chez les Su, qu'il transportait à la main droite, la gauche étant toujours accaparée par le coffret à bijoux dont nul ne voulait plus. Il se fit montrer les dessins du pauvre Li Shigu. Un scribe déploya devant lui une série de dix feuillets où chaque silhouette avait été tracée à la va-vite de manière à en montrer les traits saillants. La chose ailée qu'il venait de poser sur la table en faisait bien partie.

Les secrétaires ôtèrent des étagères tout ce que la bibliothèque contenait de relations fantastiques. Les magistrats précédents avaient dû s'intéresser à la question, car le fond était assez fourni. On finit par trouver une description détaillée des femmes-oiseaux. Il était patent, selon l'auteur, que de belles personnes d'essence surnaturelle avaient la faculté de se changer en volatile grâce à un manteau de plumes magique. Ti s'informa à tout hasard des moyens de contrer une telle créature.

– La femme-oiseau a coutume de déposer sa vêture de plumes pour se baigner, lut l'un de ses assistants. Si on la lui dérobe à ce moment-là, elle est contrainte de conserver sa forme humaine. Il en existe de plusieurs sortes. La plus fréquente, sous nos climats, est la femme-cygne, mais on a aussi répertorié des femmes-faisanes, des femmes-grues et des femmes-paonnes.

Ti songea que cela constituait une sacrée basse-cour. Il se pencha sur la figurine pour voir à quelle sorte de poulet ils avaient affaire. Un examen de la base leur permit de découvrir le caractère « phénix » gravé dans la céramique. Ils étaient donc en présence d'une femme-phénix. Le *fenghuang* était un oiseau mythique né du soleil. De même que le dragon était le maître des intempéries, ce volatile avait la réputation de contrôler des vents.

– Dois-je en conclure que nos fiancés ont été tués par un courant d'air ? dit le juge, qui réfléchissait à haute voix. Cela expliquerait qu'ils n'aient rien vu venir et ne portent nulle trace de violences. Reste à déterminer quelle sorte de vent peut provoquer le trépas de deux amoureux qui s'embrassent dans un salon fermé.

L'un des scribes leva le nez du grimoire qu'il consultait depuis un moment.

– Je me suis livré à des recoupements, noble juge. Les neuf monstres dessinés par Li Shigu étaient sous la responsabilité de Yanluowang, cinquième roi des enfers. À présent que leur chef a été séparé d'eux, nul ne les dirige plus : qui sait de quels forfaits ils pourront se rendre coupables en cette période des âmes affamées ! Ils sont à la recherche des pécheurs, qu'ils entraîneront avec eux dans l'au-delà pour leur faire subir les tourments éternels !

Bien qu'il n'adhérât guère à cette théorie, Ti était déterminé à apprendre quels péchés avaient commis les défunts. Là se cachait sûrement la raison de leur fin tragique.

Un valet du gouverneur vint l'avertir que Son Illustrissime Splendeur l'attendait dans ses appartements. Ti y pénétra la mine basse et s'inclina profondément pour marquer sa honte de n'avoir su éviter les impondérables durant la visite d'un aussi grand personnage. Il en avait profité pour rapporter le coffret, qui passa entre les mains d'un des valets, le gouverneur n'ayant visiblement plus l'intention de s'en approcher avant que toute suspicion n'ait disparu. Ti nota que les malles n'avaient pas été rouvertes. Le mandarin sirotait une décoction qui n'avait pas la couleur du thé. À l'odeur, Ti crut reconnaître une herbe couramment prescrite pour se prémunir des incursions démoniaques. Il constata en outre que la pièce s'était remplie de chats en céramique levant une patte, un porte-bonheur des plus courants.

Tout en buvant sa tisane salvatrice, son supérieur avait mis sur pied une stratégie précise pour contrer cette avalanche d'événements fâcheux. Ti devait tout d'abord retourner dans le tombeau présenter ses excuses à la momie pour avoir osé perturber son sommeil. Le magistrat jugea curieux qu'on le charge de cette mission : ce n'était pas lui qui avait insisté pour piller le sanctuaire ! Selon l'honorable Ni Houan-tché, il convenait de procéder d'urgence à quelques rites de contrition et de purification dans ces corridors obscurs. Bien sûr, il fallait surtout mettre la main au plus vite sur ces satanées figurines pour les empêcher de nuire. Ti remarqua qu'à aucun moment de ce beau programme il n'était question de restituer les biens soustraits à la dépouille mortuaire, ce qui lui semblait pourtant le plus sûr moyen de calmer sa fureur. Son Illustrissime Splendeur était accrochée à son trophée comme une pie à un bout de métal brillant.

Le juge crut de son devoir de mentionner le cas de maison hantée rapporté par l'antiquaire qui les avait accompagnés.

– Votre ville est maudite, Ti, dit le gouverneur d'une voix grave. Je vais faire fouetter le mage qui m'a indiqué le jour faste de mon déplacement.

On lui apporta des amulettes et on alluma de l'encens un peu partout. Il ressemblait à la statue de Chenghuang dans le temple de la cité.

– Vous aurez peut-être remarqué qu'une insolente malédiction frappe ceux qui ont été en contact avec la respectable momie du champ de l'ouest, reprit le gouverneur. Qui peut nous assurer que les démons auront assez de respect pour ne pas s'attaquer à moi, fonctionnaire de première classe, qui ai été personnellement reçu en audience publique par Sa Majesté il y a deux ans ?

– Que Votre Illustrissime Splendeur veuille bien me pardonner, dit Ti, mais une lecture attentive de Confucius nous conduit à penser que les démons n'existent pas…

Le gouverneur rougit instantanément, comme si son subordonné avait prononcé une grossièreté :

– On se fout de Confucius ! explosa-t-il. Ce n'est pas lui qui va expliquer à la population que des démons trucident les concitoyens à tour de bras ! Essayez donc de vous adresser à elle en brandissant les *Entretiens* ! Entre Confucius et leurs croyances, que croyez-vous qu'ils choisiront ? Ce dont nous avons besoin, pour rétablir le calme, c'est d'une explication que tout le monde puisse comprendre. Des créatures se sont échappées des enfers pour commettre des atrocités parmi les vivants. Les récits traditionnels regorgent de cas similaires. Il n'y a que les lettrés comme vous pour mettre en doute leur véracité. Allez semer le trouble dans ces pauvres crânes et ils se mettront à s'étriper, nous n'aurons plus aucun crédit. Des diables ont perpétré ces crimes et je compte sur vous pour les attraper !

– Avec des prières et des plumeaux à fantômes ? supposa le magistrat, tâchant de cacher sa perplexité. Ne vaudrait-il pas mieux, dans ce cas, confier l'enquête à quelque prêtre exorciste, ou à quelque bonze mieux rompu que moi à ces sortes de choses ?

– C'est pourquoi je vous prie de vous adjoindre une équipe de spécialistes dont je vous ai préparé la liste. Je vous engage à vous entourer d'eux pour mettre fin à ces désordres qui attaquent la structure même de l'État.

Il fit un signe à son secrétaire, qui posa devant le juge quelques rouleaux de soie[1].

– Vous vous attacherez leurs services pour le temps que durera votre enquête.

Sous l'effet de la surprise, Ti avait du mal à dissimuler à quel point il doutait de l'opportunité de cette solution. Le gouverneur fit un effort de pédagogie :

– Quand on est atteint d'un mal que les médecins ne savent pas soigner, que fait-on ? On accuse les démons et on fait venir un prêtre. Notre décision est donc parfaitement en accord avec la logique confucéenne.

Il était impossible au magistrat de s'opposer plus longtemps aux volontés de son supérieur. Il s'inclina et quitta la pièce à reculons.

1. Les rouleaux de soie étaient fréquemment utilisés pour les gros paiements afin de compenser le manque de liquidités.

– Ti ! l'arrêta Ni. Ne nous attirez pas la colère divine. Nous n'avons pas besoin de ça.

Juste avant qu'il ne sorte, le majordome, sur un signe de son maître, lui flanqua dans les mains le fameux coffret, avec mission de l'entreposer en sûreté.

Le juge dut faire appel à tout son respect envers sa hiérarchie pour ne pas s'interroger davantage sur l'incapacité de certains hauts fonctionnaires à accepter la responsabilité de leurs actes. Si la visite du gouverneur n'avait pas tourné aussi bien que Ti l'avait espéré, le visiteur n'en sortait pas non plus grandi dans l'estime du petit sous-préfet.

Son Illustrissime Splendeur ne tarda pas à abandonner son refuge d'amulettes et d'encens pour se diriger d'un pas résolu vers la cour d'honneur. Ti pressentit que rien, cette fois, ne saurait le détourner de son départ, ni l'éventualité d'une trouvaille fabuleuse, ni même la promesse d'une place de ministre à la capitale. Ni Houan-tché recommanda au magistrat de l'informer dès qu'il aurait arrêté les coupables, vivants, morts, ou entre les deux. Alors seulement il pourrait disposer de son trésor et se vanter de sa découverte. Jusque-là, tout ce qu'il avait gagné à poser ses bottes dans la boue, c'était le ridicule de s'être fourré dans une situation inextricable.

Le palanquin d'apparat quitta la ville sans acclamations. Les habitants de Peng-lai ne voyaient plus dans le potentat qu'un pilleur de tombes qui les abandonnait aux courroux infernaux qu'il avait déclenchés. Au reste, il s'en allait en catimini, sans crieurs ni bannières.

Ti était affreusement déçu. Dire que son supérieur avait failli s'en aller enchanté de son séjour et qu'il s'enfuyait comme s'il était poursuivi par les mille démons du Tao ! Le juge avait intérêt à redresser la situation s'il voulait être envoyé autre part que dans les vallées glaciales du Tibet perpétuellement en révolte, ou chez les barbares des steppes qui n'avaient jamais vu un Chinois. Il jeta un œil sur la liste de spécialistes composée par Son Illustrissime Splendeur et n'en crut pas ses yeux.

VI

Le juge Ti se voit adjoindre trois conseillers inat-
tendus ; il en gagne trois autres encore plus impro-
bables.

Le gouverneur n'avait pas cherché bien loin les
connaisseurs en matières occultes qu'il lui imposait.
Il avait nommé les trois devins dont on lui avait parlé
au cours de son séjour : le prêtre taoïste qui avait
dressé le thème astral des fiancés foudroyés, la sorcière qui les avait suivis dans le tombeau et le maître
du Yi-king qui avait traduit les hexagrammes.

Le juge Ti se doutait que ses épouses étaient
anxieuses de connaître le résultat de la visite. Il se
dirigea donc vers le gynécée pour déjeuner en leur
compagnie. Les trois femmes se levèrent à son entrée.
Tandis qu'il prenait place à table, sa Première lui
tendit sa serviette, sa Deuxième apporta les plats et
sa Troisième remplit son bol. Assises en face de
lui, elles se contentèrent de le fixer d'un regard inter-
rogateur, sans oser poser de questions. Il ne pouvait
prolonger longtemps ce silence.

– Tout s'est passé à merveille, annonça-t-il entre

deux bouchées de carpe mi-cuite. Son Excellence est enchantée de son séjour. Nul doute que je ne tarderai pas à recueillir les fruits de notre bon accueil.

L'atmosphère se détendit instantanément. Madame Première le félicita de cette réussite. Ti ne tenait cependant pas à fournir le moindre détail, aussi changea-t-il de sujet :

– Au fait, évitez de sortir, en ce moment : il y a des démons qui attendent les gens au coin des rues pour les trucider on ne sait comment.

Il leur exposa dans les grandes lignes les deux cas qui l'occupaient. Son récit suscita des réactions diverses. Dame la Troisième, fille d'un poète connu, jugea fabuleuse la fin des fiancés, unis par un éternel baiser, dans ce monde comme dans l'autre. La Deuxième, plus simple, fut horrifiée d'apprendre qu'un sbire avait été tué dans l'enceinte du yamen. Cela signifiait qu'ils n'étaient plus en sécurité, ni lui, ni elles, ni leurs enfants. Après avoir cherché les arguments adéquats, Ti lui jura qu'elle ne risquait rien tant qu'elle n'entrait pas en possession d'une des dix statuettes incriminées. Pour achever de les rassurer, il proposa de leur faire rencontrer les trois spécialistes qu'on le forçait à recruter.

Elles jetèrent un coup d'œil sur la liste fournie par Son Excellence. Il apparut qu'elles avaient entendu parler de chacun des trois. Toutes les épouses des notables de Peng-lai consultaient ces devins pour des raisons diverses.

– La chamane est extrêmement compétente, lui assura sa Première. Ses prédictions se réalisent le plus souvent.

– Elle m'a eu tout l'air d'une miséreuse, pourtant, s'étonna son mari. Sa clientèle aurait dû l'enrichir depuis longtemps !

Les trois femmes échangèrent un regard entendu.

– Elle a un défaut, dit sa Troisième : elle ne prédit pour ainsi dire que des calamités. Les gens ne se pressent pas pour la consulter. Qui paierait pour connaître les catastrophes qui ne manqueront pas de l'accabler ? Elle reçoit surtout de méchantes gens curieuses d'apprendre quels malheurs attendent leurs ennemis.

Une idée frappa soudain le juge. Ses compagnes étaient bien plus familières de tout cela que lui. Il avait une somme infinie d'actions à accomplir pour son enquête. Il se souciait peu, par ailleurs, de côtoyer ces charlatans.

– Pourquoi n'iriez-vous pas leur annoncer qu'ils sont réquisitionnés par le tribunal pour les jours qui viennent ? Le trésorier vous remettra trois rouleaux de soie pour éviter qu'ils ne grincent trop des dents.

Sa Première accepta tout de suite, soutenue par les protestations de gratitude de sa Troisième devant cette marque de confiance. La Deuxième, beaucoup moins enthousiaste, n'eut d'autre choix que de se ranger à leur avis. Ti les quitta pour assister à l'examen mortuaire des victimes. Il était à mille lieues de se douter dans quel engrenage il venait de mettre le doigt.

Madame Première, en qualité d'épouse principale, se réserva la tâche d'aller au temple de Lao Tseu en grand équipage. S'étant fait annoncer, elle fut reçue par le collège des prêtres avec tous les égards dus à la compagne de leur sous-préfet. Les adeptes du Tao, fréquemment organisés en sociétés secrètes, jouaient un rôle politique en canalisant les mécontentements populaires. Aussi marchaient-ils la main dans la main avec les autorités impériales, surtout en cette période où le bouddhisme grignotait leur influence. Le grand prêtre lui exprima à quel point ils étaient honorés de sa visite. Elle le remercia et demanda à parler au nommé Ban Biao, qui lui avait été spécialement recommandé. On parut plutôt embarrassé.

– Je dois la vérité à l'épouse de Son Excellence, aussi vais-je vous apprendre ce qu'il en est, bien que cela ne fasse pas honneur à notre sanctuaire.

Deux clients, des notables, étaient venus faire du scandale à cause d'une prédiction d'heureuse union que Ban leur avait vendue : les fiançailles censées s'ouvrir sur un heureux avenir avaient eu pour dénouement la mort du jeune couple, abomination suprême. Les offres de remboursement n'avaient pas suffi à calmer les deux pères. Dame Lin décrocha de sa ceinture le rouleau de soie confié par son mari et le donna au grand prêtre pour dédommager les mécontents. Dès lors, le religieux ne vit plus aucun obstacle qui empêchât de lui prêter le malchanceux, qui n'était de toute façon pas près de retrouver des pratiques.

– Ces choses se savent et elles ne font pas de bien à notre institution, lui glissa le grand prêtre en confidence.

– Comment expliquez-vous qu'il n'ait pas vu la mort qui attendait ces jeunes gens en cas de mariage ? s'inquiéta dame Lin. Serait-il incompétent ?

Il ne l'était pas, c'était bien ce qui ennuyait le grand prêtre :

– J'ai vérifié moi-même les comparaisons astrales qu'il a établies. Elles sont correctes. Hélas, en ces périodes d'âmes affamées, tout est possible. Un événement non inscrit dans la grande trame de l'ordre naturel peut survenir. J'ai entendu dire que votre auguste époux avait pénétré dans un tombeau, dans le champ de l'ouest ?

Dame Lin nota que tout le monde avait la même façon d'aborder les difficultés : elle consistait à en rejeter la faute sur autrui.

L'homme qu'elle était venue engager les rejoignit dans la grande salle du temple. Comme les autres, il portait un impeccable *huang guan feng pei*, le vêtement des taoïstes locaux : une robe bleue, un bonnet jaune et une cape descendant jusqu'aux genoux. Barbu, le sourcil broussailleux, il avait la mine peu avenante d'un être détaché des vanités de ce monde. Son expression de tristesse, en revanche, laissait supposer qu'il était encore assez humain pour avoir été blessé par l'échec qu'il venait de subir. Elle lui exposa le motif de sa venue : des démons posaient des problèmes au juge, qui réclamait son assistance.

– Pour monter au ciel, il y a un chemin, mais personne ne le suit, déclara Ban Biao. L'enfer, lui, n'a pas de porte, mais les gens se démènent pour en forcer l'entrée.

Madame Première admira son sens de la repartie, tout entier fondé sur une connaissance parfaite des sentences traditionnelles.

– Mon horoscope m'a annoncé que j'allais habiter dans un palais, reprit-il. J'en déduis que vous allez m'inviter à passer quelque temps chez vous.

« Pourquoi pas ? » songea-t-elle, bien que l'expression « palais » lui semblât très exagérée pour désigner le bâtiment administratif où campait la tribu Ti.

– Croyez-vous pouvoir nous aider ?

– Le démon mesure un pouce, le Tao un pied, répondit le prêtre en s'inclinant.

Il sortit dans le corridor, d'où il revint avec un gros sac produisant à chaque pas un son métallique. Il avait déjà emballé la collection d'objets magiques sans laquelle un bon exorciste ne se déplaçait pas. Il devait y avoir là-dedans des épées, des poupées votives et un assortiment complet de potions en flacons. Son supérieur lui recommanda de se montrer digne de leur enseignement. Madame Première devina qu'on était content de le voir s'éloigner. Il présentait dorénavant un défaut rédhibitoire pour son genre d'activité : il portait la poisse.

Dans une cave du yamen, Ti avait fait déposer sur des tables les corps des deux fiancés et du vieux sbire Mao, afin que le vérificateur des décès puisse l'éclairer sur les circonstances de leur mort. L'opération était assurée par le médecin attitré du tribunal, le plus réputé de la ville. La pièce était assez sombre. Les ouvertures se résumaient à deux fenêtres haut placées. Le savant avait disposé autour de lui des lampes dont la lumière ne se projetait guère au-delà des cadavres. Ceux des fiancés foudroyés avaient enfin perdu leur rigidité morbide, si bien qu'on avait pu les séparer.

– J'ai le regret d'annoncer à Votre Excellence que j'ignore à quoi ils ont succombé. Je suis néanmoins en mesure de faire quelques observations intéressantes.

Ti lui fit signe de développer.

– Votre secrétaire Li Shigu était un jeune homme en parfaite santé, mis à part une fâcheuse propension à abuser des liqueurs, la nuit, en compagnie de garçons de son âge, ce qui n'a rien d'exceptionnel. La jeune fille était vierge. Ils n'ont pas eu de rapports défendus, hormis ce baiser tout à fait déplacé, je vous le concède.

– Je ne vous demande pas un certificat de moralité, je veux savoir ce qui leur est arrivé, grommela le juge, qui ne s'était pas imposé cette séance pénible pour s'entendre répéter les ragots qui traînaient dans les couloirs du tribunal.

– Que Votre Excellence daigne se pencher sur la bouche de son employé.

Ti s'exécuta malgré la répugnance qu'il éprouvait à s'approcher si près du visage d'un défunt. La bouche du malheureux était restée ouverte en grand, à cause du baiser fatal. Ti remarqua un parfum qu'il ne s'attendait pas à respirer sur un cadavre. Cela sentait les herbes aromatiques, les amandes et le miel.

– Li Shigu venait tout juste de mâcher une pâte sucrée, expliqua le médecin. L'odeur s'en attarde encore. Et voici ce qu'il avait dans l'une de ses manches.

Il montra au juge un sachet en papier où reposaient trois boulettes de couleur crème, parfaitement semblables à ces sucreries dont raffolaient les enfants.

– C'est le genre de confiserie qu'on peut acheter n'importe où dans la rue. Il a dû penser que cela lui donnerait bonne haleine, le coquin ! conclut le médecin en appliquant au corps une petite tape amicale.

La consommation d'un aliment juste avant le décès suggérait un empoisonnement. Le médecin aurait lui aussi penché pour cette hypothèse si les défunts avaient arboré le rictus d'une mort douloureuse. Leurs traits étaient au contraire détendus : ils n'avaient rien vu venir et étaient bel et bien décédés pendant le baiser.

– Est-il possible que l'assassin les ait mis dans cette position après les avoir tués ? demanda le juge.

Le contrôleur des décès en doutait fort. Il souleva le bras de Li Shigu, qui retomba lourdement sur la table.

– S'ils étaient dans cette attitude lorsqu'on les a découverts, c'est parce qu'ils se soutenaient l'un l'autre. Il n'y a guère moyen de reproduire cela autrement qu'avec des cordes pour les ficeler. Dans ce cas, leur peau en porterait la trace. Elle se marque facilement lorsque le sang se fige. Je n'ai noté aucune rougeur suspecte. En d'autres circonstances, j'aurais conclu que leurs cœurs se sont simplement arrêtés de battre au même moment. Un excès d'amour, en quelque sorte. Je suppose que cette explication ne suffira pas à Votre Excellence ?

L'expression de Son Excellence confirma ample-
ment les suppositions du médecin. Ti se dit que le
poison devait être dans la pâte que mâchait Li Shigu.
Il l'avait transmis à sa fiancée lors du baiser. Comment le produit avait-il pu les frapper en même
temps, sans qu'aucun des deux ait eu le temps de réagir ? Peut-être se trouvaient-ils devant un cas particulièrement compliqué de suicide. Li Shigu aurait
acheté les boulettes et aurait mélangé le poison à
l'une d'elles. Mais pourquoi se tuer quand la vie
leur souriait ? Une personne malintentionnée avait
pu lui offrir les bonbons empoisonnés dans le but
de le supprimer. La mort de Mlle Su aurait alors
été un accident.

Le médecin était parvenu à la même conclusion :

– Je suggère que nous testions les boulettes qui
restent pour voir si elles sont empoisonnées.

– Très bonne idée, approuva Ti. Comment allez-
vous procéder ?

– C'est très simple, dit le médecin en prenant dans
ses bras un petit chien dont Ti n'avait pas remarqué
la présence à cause de la pénombre. J'ai trouvé cette
bête dans la cour. Il suffit de lui faire avaler les
sucreries et nous verrons bien s'il est victime d'une
mort foudroyante. Il doit s'agir d'un animal errant
qui ne manquera à personne.

Ti reconnut l'affreux chien-lion dont sa Deuxième était entichée.

– Absolument, répondit-il, entrevoyant la fin d'une
cohabitation pénible avec un roquet jaloux qui
s'acharnait à lui mordre les orteils quand il partageait la couche de sa concubine.

Le médecin jeta les pâtes d'amande à la petite bête, qui les mâcha quelques instants avant de les engloutir avec avidité. Ti guetta avec intérêt les signes annonciateurs de sa libération. Le protégé de sa Deuxième parut hélas s'en porter très bien. Il fallut se rendre à l'évidence : les dernières boulettes du paquet étaient inoffensives. Comment l'assassin savait-il que sa victime choisirait précisément celle qui était empoisonnée ? Avaient-ils affaire à un confiseur pervers qui jouait la vie de ses clients à pile ou face ? Ou bien quelqu'un avait-il intérêt à ce que le mariage n'ait jamais lieu ? Ti ne pouvait écarter non plus l'éventualité qu'il fît fausse route depuis le début.

Si l'on avait pu fouiller leurs estomacs, on aurait peut-être eu la preuve de l'empoisonnement. Hélas, il n'était pas question d'outrager les victimes par une autopsie. Les autorités étaient tenues de restituer aux familles des dépouilles en état de se présenter devant les juges infernaux.

Restait le cas du vieux Mao, étendu sur la troisième table. Il faisait un cadavre beaucoup moins charmant, avec son embonpoint, son visage crispé, ridé, et son poitrail maculé de sang.

– Oh, pour lui c'est plus simple, déclara le médecin. On l'a égorgé avec une lame bien effilée. Sans doute en se tenant derrière lui. Un crime d'une grande lâcheté, de toute façon. Votre Excellence ne me fait examiner que des morts que j'ai connus de leur vivant, aujourd'hui.

– Voulez-vous dire que l'assassin manie les armes par profession ?

– Je serais tenté de le croire. J'ai même pensé qu'il pouvait s'agir d'un guérisseur. Mais aucun de mes confrères n'est capable d'une telle entorse à la légalité, évidemment.

Dame la Troisième, la plus intellectuelle des compagnes du juge Ti, avait choisi d'aller chercher le maître du Yi-king. Cette méthode divinatoire lui convenait, car elle était celle qui se rapprochait le plus d'une science. Elle arriva devant la boutique en compagnie de la suivante qui lui servait de chaperon. Une pancarte pendue au-dessus de la porte proclamait : « Xue Xia, grand maître des arts divinatoires, expertise à toute heure, réputation solide et résultats garantis. »

Soucieux d'attirer chez lui les passants, le « grand maître » avait couvert sa façade d'enseignes proposant d'autres modes de consultation. Dame la Troisième découvrit avec déception que ce prétendu savant pratiquait aussi la lecture dans les omoplates de bœuf, dans les écailles de tortue, dans les lignes de la main, dans les traits du visage et dans à peu près tout ce qu'on voudrait du moment qu'on le payait.

Il n'y avait personne à l'intérieur, bien que la porte fût ouverte. Des étagères supportaient un entassement d'os en tout genre et de carapaces. Sur une table trônait un exemplaire du *Livre des mutations*, le recueil indispensable à l'explication des hexagrammes. Divers pots contenaient les tiges végétales que les devins tiraient au sort pour établir leurs pronostics. Le Yi-king était le plus ancien ouvrage chinois dans ce domaine. Les trigrammes, ensembles de trois traits continus ou discontinus, résumaient les principales situations du cosmos. Associés deux par deux, ils constituaient les soixante-quatre hexagrammes qui englobaient et expliquaient tous les événements et tous les paramètres de la vie humaine comme de l'univers.

Un bonhomme un peu empâté écarta un rideau pour pénétrer dans la pièce. Il fut surpris de la trouver là, mais s'inclina et l'invita à s'asseoir sur un tabouret qu'il avança pour elle d'un geste hésitant. Avant d'en venir au vif du sujet, dame la Troisième ne résista pas à l'envie de lui faire lire son avenir dans son grimoire.

– Je suis venue attirée par votre immense réputation, dit-elle, soucieuse d'être polie.

– Les hexagrammes ne sont qu'une facette de mon minuscule talent, répondit-il en se laissant tomber avec lourdeur sur un siège. Je suis aussi physiognomoniste. Par exemple, je lis sur votre beau visage l'intelligence, la subtilité, la sensibilité, et un don certain pour les arts féminins de toutes sortes. Un brillant destin vous attend, j'en mettrais ma main à couper.

Elle le trouva charmant. Un cri la tira de son ravissement :

– Bon à rien ! rugit une voix de femme. Tu as encore profité de mon absence pour t'imbiber !

Une personne d'allure revêche entra, un seau à la main, fit de l'autre main quelques signes non équivoques quant au sort qui attendait le « grand maître » lorsqu'ils seraient seuls, et disparut de l'autre côté du rideau.

– Ma servante... expliqua le devin avec un sourire gêné.

Dame la Troisième comprit qu'elle avait affaire à un pochetron qui se laissait traiter de manière honteuse par une souillon. Elle entendit celle-ci remuer un tas de fiasques vides derrière son rideau.

– Le tavernier a encore exigé que tu payes ton ardoise ! reprit la voix rogue.

Le chaperon échangea avec sa patronne un regard réprobateur.

– Peut-être serait-il possible d'avoir une avance sur la rétribution de mes humbles services ? suggéra à mi-voix le devin.

Le premier mouvement de madame Troisième fut de lui remettre le rouleau confié par le trésorier du yamen. En femme prudente, elle se ravisa et ne se départit que des quelques ligatures de sapèques nécessaires pour régler l'aubergiste. Xue Xia se confondit en remerciements. Il allait fourrer la somme dans sa manche quand une main abîmée par les travaux ménagers plongea pour s'en saisir. La servante, attirée par le cliquetis de la monnaie de cuivre, avait surgi de l'arrière-boutique. La concubine tira d'autres pièces de sa bourse et les posa sur la table :

– Laisse-nous, maintenant, va payer ton tavernier, lança-t-elle à l'intruse lorsque celle-ci eut ramassé l'argent.

Une fois la souillon partie, un flacon apparut comme par magie.

– Vous prendrez bien un petit bol pour fêter ça ? dit le devin en tâchant de déboucher le récipient.

Dame la Troisième fit un signe à sa suivante, qui confisqua l'alcool. Elle put enfin exposer au maître du Yi-king les conditions de son emploi temporaire au service du magistrat. Il en resta bouche bée.

– Et maintenant, dites-m'en davantages sur mon brillant destin, conclut-elle en s'installant plus confortablement sur son tabouret.

Pendant que sa Troisième se livrait à des exercices divinatoires pleins de promesses, Ti alla voir la veuve du sbire Mao. Comme la pauvre femme venait de perdre son époux au service du tribunal, il était décent que le juge se déplaçât jusque chez elle pour lui présenter ses regrets.

On lui indiqua la maison des Mao, située juste après la boutique d'un barbier. L'endroit ne payait pas de mine, c'était presque une masure. Il s'attendait à tomber sur une femme mûre, telle que l'était le vieux garde, aux cheveux gris noués en un chignon serré. La personne qu'il avait en face de lui était nettement plus jeune et mieux gâtée par la nature que le disparu. Elle était en revanche tout à fait accablée par la tragédie qui la frappait.

– Pauvre Mao ! Mourir alors que son existence était si riche en plaisirs de toutes sortes !

Ti avisa une série d'amphores entassées dans un coin. Il supposa qu'une sorte de plaisir l'emportait résolument sur les autres dans les goûts de son employé.

– Il aimait sortir avec ses amis du tribunal, sans doute ? supposa-t-il.

– Oh, avec sa jambe raide, le pauvre se contentait du trajet entre ici et le yamen, dit la veuve avec un geste qui signifiait « je l'avais toujours dans les pattes ». Au moins, il aura eu la consolation de périr en défendant les précieux trésors de Son Excellence. Maudits soient les voleurs qui n'ont pas hésité à lui trancher la gorge pour s'approprier les biens de l'État !

L'opinion du juge fut bientôt faite : le vieux Mao était éclopé, misérable et alcoolique. Son bien le plus précieux était actuellement sous les yeux de Ti et essuyait ses larmes avec un soin affecté.

– Et maintenant, comment vais-je vivre ? se lamenta-t-elle.

– Ne vous inquiétez pas : le tribunal ne vous abandonnera pas dans la détresse. Par ailleurs, vous êtes encore jeune. Nous trouverons un bon parti qui s'honorera d'épouser la veuve d'un soldat tombé pour le devoir.

La veuve ne marqua aucune inclination pour cette éventualité.

– Oh, jamais, noble juge ! Je compte rester fidèle à la mémoire de mon cher Mao qui était si bon pour moi !

Ti n'aurait pas pensé qu'un sbire âgé, à moitié impotent et porté sur la boisson pût susciter un tel dévouement posthume chez sa ravissante moitié.

– Je me contenterai de la première de vos offres généreuses, reprit-elle, soucieuse de montrer qu'elle ne refusait pas ses aides en bloc.

– Je vous ferai tenir une somme par mon trésorier, promit le magistrat. Et le yamen paiera les funérailles, cela va de soi.

Au mot de « funérailles », la veuve replongea dans ses manches avec des reniflements de désespoir.

Une idée obsédante irritait le juge Ti lorsqu'il quitta la maison Mao. Cette femme, malgré son chagrin, s'était montrée extrêmement précise quant aux détails du meurtre : elle savait que son mari veillait sur un trésor, qu'une partie de celui-ci avait été dérobé par les assassins et que le défunt avait eu la gorge tranchée. Il lui sembla que, si l'on avait tué l'une de ses épouses, il n'aurait pas été en mesure de mémoriser tous ces faits et de les restituer peu après. Sauf si ce décès lui avait peu importé ; mais, dans ce cas, pourquoi se comporter comme si la ville entière avait brûlé ?

Il avisa la devanture du barbier qu'il avait remarquée en arrivant et résolut d'y glaner quelques renseignements sur le couple. Le patron était en train de raser la tête d'un de leurs concitoyens qui s'apprêtait vraisemblablement à effectuer un pèlerinage ou une retraite dans un lieu saint. Cela se pratiquait couramment lorsqu'un vœu avait été exaucé. Dès qu'il reconnut le visage de son sous-préfet, le coiffeur, un bel homme d'une trentaine d'années, s'empressa de s'incliner très bas et de bredouiller le compliment d'usage sur l'honneur immense que lui faisait Son Excellence de fouler le sol de sa misérable échoppe. Ti expliqua qu'il désirait faire rafraîchir sa barbe. Aussitôt le barbier ôta la serviette qui entourait le col de son client et le chassa avec une moitié

de crâne rasée et l'autre couverte d'une épaisse chevelure en bataille.

Ti prit place sur le tabouret surélevé.

– Juste un petit coup, précisa-t-il avec l'espoir que
cet artisan de quartier ne mettrait pas de désordre
dans un ornement capillaire que son valet soignait
poil par poil tous les matins.

Il se hâta d'engager la conversation sur le deuil
qui frappait la voisine. Par bonheur, il n'a jamais
été difficile de susciter les confidences d'un barbier. Il se mit sans vergogne à débiter des horreurs
sur le défunt. Sa femme se dévouait pour lui, mais
il ne savait que boire et la frappait, à l'occasion,
entre deux vins. Ti n'était pas en fonction dans cette
ville depuis assez longtemps pour savoir de quelle
réputation jouissait chacun de ses sbires. À vrai dire,
celui-là ne lui avait pas semblé un monstre, mais qui
pouvait savoir comment étaient les gens dans leur
intimité ?

Le coiffeur, à la langue bien pendue, expliqua que
la veuve était une jeune fille pauvre que Mao avait
obtenue de ses parents en échange de sa bienveil-
lance. Les sbires étaient connus pour faire régner la
terreur et abuser de leur pouvoir, c'était une plaie
qu'il n'appartenait pas au magistrat de supprimer.
Voilà comment se formaient les unions mal assorties.
Plus que d'épouse, elle lui avait servi d'esclave.

– Elle m'a paru néanmoins très atteinte par le malheur qui la frappe, dit le juge.

– C'est une bonne nature, répondit son interlocuteur avec un haussement d'épaules.

Il s'écarta pour juger du résultat de ses efforts.

– On peut encore couper par là… dit-il en désignant le côté droit.

Ti se leva précipitamment de son siège tant qu'il restait encore à son menton quelque chose de la pilosité mandarinale qui faisait sa fierté. Il glissa quelques sapèques dans la main du sacrilège et quitta la boutique en se demandant si les renseignements recueillis valaient les précieuses mèches qu'il avait perdues.

VII

Madame Deuxième prend le thé avec une sorcière ; son mari examine une série de suspects d'outre-tombe.

Les deux autres épouses du juge Ti avaient trouvé tout naturel de laisser la Deuxième s'occuper de la chamane. Elles n'estimaient pas de leur rang de se commettre chez une femme à la propreté douteuse, qui se contorsionnait avec des cornes sur la tête. La Deuxième, en revanche, superstitieuse comme elle l'était, leur paraissait tout à fait désignée pour cette tâche. Aussi celle-ci se dirigea-t-elle à pied – la Première s'était approprié le palanquin – et sans chaperon – la Troisième ne se serait jamais risquée dehors sans un accompagnement de bon aloi – vers l'antre de la sorcière, attirée et terrifiée à l'avance par ce qu'elle allait découvrir.

Elle n'était parvenue à recruter qu'une esclave de cuisine qui lui avait assuré savoir où vivait la devineresse et se réjouissait d'assister à quelques passes magiques qui la distrairaient de sa vaisselle. Tout en cheminant, dame la Deuxième se demandait pourquoi les corvées les plus déplaisantes lui échoyaient toujours. Les deux autres, filles de lettrés, étaient aussi cultivées que duplices. Elle faisait inévitablement les frais de leur alliance. Si le rang conjugal avait été attribué au nombre d'héritiers mâles donnés à leur mari, comme cela se faisait dans les bonnes maisons, elle aurait dû régner sur leur foyer. Elle avait eu la malchance de tomber sur un époux qui plaçait les charmes d'une conversation prétendument éclairée au-dessus des mérites d'une fécondité inextinguible.

Parvenue dans un quartier crasseux, non loin du port, qui lui sembla jouxter d'un peu trop près celui des filles faciles, elle s'arrêta devant la façade lépreuse que lui indiqua sa cuisinière. Jamais en temps normal elle n'aurait songé à mettre le pied dans un tel bouge : il y avait une chouette morte accrochée au-dessus de la porte et un écriteau où l'on pouvait lire en caractères maladroitement tracés : « Ici on interroge les esprits. Femme honnête et armée », ce qui laissait planer un doute quant à la sûreté qu'il y avait à se promener dans les parages.

Madame Deuxième écarta le rideau malpropre et pénétra dans un réduit obscur d'où s'échappaient des sons rauques et une odeur d'encens bon marché. Lorsque sa vue se fut adaptée au manque de lumière, elle entrevit un homme assis sur un pliant, pratiquement hypnotisé par une femme au visage recouvert d'un masque en forme de tête de loup, qui se balançait dans tous les sens en poussant des feulements. Bien que la seconde épouse ne fût pas aussi difficile que ses compagnes, le décor et la scène la rebutèrent vivement. Elle aurait rebroussé chemin si la cuisinière ne l'avait poussée vers un banc avant de s'y asseoir elle-même à tâtons, captivée par le spectacle. La chamane agitait à présent aux oreilles de son client des osselets dont la visiteuse espéra qu'ils provenaient d'animaux.

– Oui… dit-elle d'une voix traînante. L'esprit du loup me parle. Ton concurrent verra son plus beau navire de commerce couler avec cargaison et équipage.

L'homme était ravi. L'idée de voir son adversaire ruiné illuminait ses traits d'une lueur de plaisir.

– Allez, c'est terminé, maintenant ! conclut la devineresse d'une voix différente, d'où tout accent canin avait disparu en même temps que la moindre trace d'amabilité. Paye-moi et file !

Le commerçant déposa quelques ligatures de sapèques sur un guéridon et quitta les lieux, sourire aux lèvres. La chamane ôta son masque et s'épongea le front du revers de ses manches. L'appel aux esprits des forêts n'était visiblement pas une activité de tout repos.

– J'ai omis de préciser que ce navire était le sien, lança-t-elle aux deux femmes immobiles sur leur banc. Son concurrent le rachètera à sa veuve très bientôt, conclut-elle en déposant son matériel dans un coffre en bois gravé de signes ésotériques.

Dame la Deuxième admira l'habileté avec laquelle cette femme ménageait le peu de clients qui se risquaient encore chez elle. Elle la vit retirer sa robe en peaux de bête, dévoilant une tenue d'intérieur beaucoup plus classique, souffler les lampes qui enfumaient la pièce et ouvrir la fenêtre pour faire entrer

103

de l'air frais et de la clarté. La chamane retourna une sorte d'autel garni de lézards séchés et de crânes de rongeurs. L'autre face supportait des tasses et des ustensiles à infusion. Sur le réchaud, elle remplaça les herbes aromatiques puantes par une bouilloire de bonne facture.

– Une tasse de thé ? demanda-t-elle en disposant devant elles un joli service en terre cuite de Yixing. Il vient du Setchouan, c'est le meilleur qu'on puisse trouver par ici. Vous n'imaginez pas comme il est difficile d'avoir un peu de confort, dans ces contrées reculées !

En quelques instants, l'antre obscur s'était changé en un salon presque convenable, où les deux femmes prirent une agréable collation sous le regard déçu de la cuisinière, pour qui cette visite avait perdu tout intérêt. Un homme écarta le rideau de l'entrée.

– C'est fermé ! lui lança la sorcière de sa voix autoritaire. Et, non, ton épouse ne te trompe pas !

Le client s'en fut, déconcerté.

– Elle est trop déprimée par la rupture avec son dernier amant, termina la sorcière, avec un éclat de rire, lorsqu'il fut trop loin pour l'entendre.

Dame la Deuxième se dit qu'elle était bien en présence de la personne habile dont son mari avait besoin pour traquer les démons. Elle ouvrit la bouche pour exposer le motif de sa visite. La chamane l'arrêta d'un geste :

– Vous allez m'offrir un rouleau de soie pour me mettre au service du sous-préfet. Balancez la somme, c'est d'accord. Je ne suis pas en mesure de cracher sur les occasions qui se présentent. La moitié des gogos de cette ville ont peur de moi, et les autres sont trop pouilleux pour me permettre de mener une vie décente.

La noble visiteuse et sa cuisinière l'aidèrent ensuite à emballer le matériel dont elle avait besoin, en prenant garde à ne pas abîmer une boîte à maquillage « qui était de la plus fine porcelaine, un objet d'art impossible à se procurer dans la région ».

De retour au yamen, Ti trouva dans une antichambre les deux devins ramenés par ses épouses. Ces dames les rejoignirent au moment où le prêtre taoïste en cape bleu nuit s'inclinait avec componction devant son employeur :

– Votre Excellence a bien fait de s'adresser à moi. Je suis astrologue, numérologue, démonologue, chargé de la désignation des jours fastes par ma communauté.

– Oui, j'ai vu cela, dit le juge avec une moue.

Il avait en mémoire le spectacle affligeant des deux fiancés enlacés par-delà leur trépas.

– Vous verrez, il est très amusant, lui souffla sa Première. J'ai confié votre rouleau à son supérieur. Il vous transmet ses félicitations pour un choix si clairvoyant.

Le taoïste jugea opportun de délivrer un exemple de cette antique sagesse dont il était dépositaire :

– Avec de l'argent, on pourrait faire tourner la meule par le démon.

– Contentez-vous de lui faire trouver notre assassin, répondit le juge sur un ton tranchant.

L'astrologue ne parut pas remarquer l'animosité de son nouveau patron. Il renifla, le nez en l'air. Un parfum de porc au miel montait des communs.

– Qui est proche du mandarin obtient des honneurs, qui est proche du cuisinier obtient à manger, dit-il.

Ti et ses épouses échangèrent des regards perplexes.

– Je crois qu'il a faim, traduisit la Première. Je vais vous faire indiquer les cuisines. On vous y donnera ce qu'il faut avant votre coucher.

Ce n'est qu'à ce moment que Ti comprit qu'elles avaient invité les deux hommes à séjourner parmi eux.

– Il convient de nous garantir contre l'invasion de démons maléfiques, en cette période où l'enfer est grand ouvert, expliqua sa Première, qui n'avait eu aucun mal à lire les pensées inscrites sur le visage de son mari.

Le désarroi du magistrat atteignit son comble quand il vit sa Deuxième entrer dans l'antichambre avec quelque chose de pire que les deux hurluberlus. Ceux-ci parurent aussi consternés que lui lorsque leurs yeux se posèrent sur la chamane. Elle n'avait rien fait pour passer inaperçue. Outre sa robe garnie de breloques diverses, elle portait au-dessus du crâne une longue tige couverte de plumes, terminée par une tête de grue qui s'inclinait vers ses interlocuteurs, si bien qu'ils avaient l'impression de s'adresser à une espèce d'affreux oiseau crevé.

– Il n'était pas nécessaire de vous mettre en grande tenue, lui dit le magistrat avec une expression de dégoût, tandis que sa nouvelle employée le saluait d'une flexion du buste qui le plaça nez à nez avec la chose.

— Ce n'est qu'une robe de ville toute simple, répondit-elle en écartant avec coquetterie les pans de son hideux vêtement, comme si elle avait été inconsciente de l'effet suscité par son couvre-chef.

Soucieuse de se justifier, dame la Deuxième raconta que la chamane connaissait par avance le but de sa visite et le détail du rouleau de soie. Beaucoup moins client des tours de divination, Ti se dit que la sorcière avait simplement fait œuvre de déduction, un exercice qu'il pratiquait chaque jour : elle avait vu le renflement de la soie à la ceinture de sa visiteuse et s'était doutée, vu les événements, qu'on avait besoin d'elle.

— Et moi, je sais que vous vous êtes encore arrêtée chez le marchand de gâteaux sur le chemin du retour, rétorqua-t-il pour lui montrer qu'il n'y avait aucune magie là-dedans.

Les miettes répandues dans les plis de sa robe et son air coupable ne laissaient guère de doute à un esprit observateur. Ti jeta un regard suspicieux au devin du Yi-king, qui s'enquérait déjà de l'emplacement de la remise aux boissons. En quittant la pièce, il se répéta une phrase sur Confucius qu'on avait pris soin de lui faire apprendre au cours de ses longues études classiques : « Le maître ne parlait pas de prodiges, de violences, de désordres ou de génies[1]. » Un lettré était censé se désintéresser

1. Les *Entretiens* de Confucius et de ses disciples, VII, 21.

des charlataneries et autres superstitions puériles. Eh bien ! Il était en plein dedans !

Ti pénétra dans la salle des archives pour une réunion avec ses secrétaires, d'où, espérait-il, toute référence à l'au-delà et à l'irrationnel serait bannie. Il se trompait de beaucoup.

Il leur avait ordonné de dresser une liste de suspects pour les trois meurtres. Le papier qu'on lui soumit n'était autre que la liste des dix démons trouvés dans la tombe.

– Nous avons pensé, noble juge, qu'il nous fallait connaître l'ennemi que nous désirons combattre, annonça l'un des scribes.

Pour ce faire, ils avaient consulté le plus célèbre recueil de relations fantastiques, le *Shou shen ji*, « Collection de récits d'esprits », composé trois siècles plus tôt par l'éminent Gan Bao. Les relevés effectués par Li Shigu leur avaient permis d'y repérer leurs dix suspects.

– Hormis le roi des enfers Yanluo et la femme-phénix, déjà impliqués dans ces malheureux événements, nous avions un esprit-renarde, dit le scribe en désignant le premier feuillet.

L'esquisse représentait une jolie femme sans rien de particulier à première vue. Un examen plus attentif permettait de découvrir une queue de renard touffue qui dépassait à l'arrière de sa robe, et une paire d'oreilles en pointe habilement dissimulées entre les épingles à cheveux de son épais chignon. Ces êtres étaient courants dans les contes populaires. Les renardes étaient douées d'un esprit subtil qui en faisait des créatures retorses. Elles avaient coutume d'enjôler de beaux jeunes gens qui les épousaient sans savoir quel genre de bête ils introduisaient chez eux. Il se douta que ce n'était pas encore là l'être le plus dangereux de la série.

– Il y avait ensuite un *T'ien-kou*, ou chien céleste, reprit le scribe. Il s'agit d'une petite déité inférieure qui vit dans les branches.

Ti s'attendit à découvrir une espèce de gentil écureuil. Li Shigu avait dessiné un personnage vêtu de feuilles, affublé d'ailes façon chauve-souris et d'un nez à la longueur démesurée. Il n'avait pas l'air gentil du tout.

– Leur occupation favorite consiste à enlever les enfants et à pousser les gens à s'entretuer. Ils sont colériques, leurs dents traversent le métal des sabres et ils naissent dans de gros œufs.

– Comme c'est intéressant, répondit le magistrat, totalement ignorant, jusque-là, du fait que leurs forêts eussent abrité de si méchantes créatures.

– Notre numéro cinq est une goule *wangliang*. Ces femelles démoniaques sont créées par l'accumulation d'énergie *yin* près d'un endroit où il y a beaucoup de morts : champs de bataille, cimetières, charniers… Repue, elle ressemble à une femme chauve avec des yeux maléfiques et des griffes acérées. Affamée, c'est un tas d'os décharné.

À en juger d'après le dessin, la leur était repue, mais Ti ignorait si c'était une bonne nouvelle. Il demanda de quoi elles se nourrissaient et regretta sa curiosité quand on lui répondit que c'était des cerveaux des cadavres humains. À défaut de cadavres, il leur arrivait de tuer les passants pour en tirer leur pitance. Elles étaient dotées d'énormes oreilles en forme de feuille de chou, qu'elles dissimulaient en général sous un casque, un bonnet ou un turban.

Ti ne put s'empêcher de penser à certaines personnes de sa connaissance adeptes du turban.

– Et voici le mort-vivant *jiangshi*, poursuivit le scribe en désignant le dessin suivant. C'est un défunt dont l'une des trois âmes, devenue folle à la suite d'une mort violente, continue d'animer le corps désormais raidi. C'est pourquoi on les appelle « morts rigides ». Ils ne sont pas très malins, mais leur cruauté les rend extrêmement redoutables.

Leurs muscles étant figés, Ti s'enquit de savoir comment ils parvenaient à se mouvoir.

– Par bonds, ou en volant, bien sûr, noble juge, répondit le scribe sur le ton d'un maître d'école contraint d'énoncer une évidence.

« Bien sûr », répéta le juge. Son secrétaire glissa sur l'homme-requin. Ces déités infestaient le détroit de Formose, il n'y avait guère de quoi se sentir menacé à Peng-lai. D'autant que leur large bouche pleine de dents permettait de les repérer de loin.

Le numéro huit, un *bei*[1] aux jambes atrophiées, avait à peu près le même problème. Incapable de marcher, il se déplaçait de branche en branche grâce à ses bras musclés. Son grand plaisir était d'organiser des razzias sur les villages, qu'il attaquait en meute, à cheval sur un loup. Le dessin de Li Shigu montrait effectivement une espèce de singe monté

1. Sorte d'elfe des montagnes.

sur un gros loup. Ti se demanda si on allait égrener devant lui tous les monstres du panthéon infernal. Leurs caractéristiques étaient plus épouvantables les unes que les autres.

– En quel monde vivons-nous, je vous le demande… dit-il avec un soupir.

Le scribe souligna le fait que les démons avaient parfois un visage vert et des dents pointues, mais que certains savaient se transformer en agréables jeunes filles pour attirer, séduire et dévorer leurs proies.

– J'en ai connu une de cette sorte, confirma le magistrat.

Le numéro neuf était le maître des aigles Ying. C'était un grand gaillard au visage bleuté, qui avait sur le bras un épervier à plumes blanches. Il avait habituellement pour compagnon le maître des tigres, ici absent.

– Ouf ! fit le juge.

Le dernier de la série était un magnifique dragon au corps couvert d'écailles et aux pattes griffues. En bon Chinois, Ti n'avait pas de raison de s'en méfier : on en voyait partout en effigie, il s'agissait en général de divinités bénéfiques.

– Celui-ci est un *suanni*, précisa le scribe. Il crache des flammes, manipule les intempéries et aime manger des têtes humaines. Quand ils s'assagissent, ils deviennent protecteurs du Dharma, la foi bouddhique. Il conviendrait de consulter un bonze pour savoir comment le dominer.

– Notre pays a donc acquis des calamités supplémentaires en accueillant cette religion étrangère ! dit Ti.

– À qui le dites-vous, noble juge ! Nous avions bien assez de tracas avec nos démons nationaux !

Le magistrat avait du mal à entrevoir à quoi cette ménagerie diabolique allait leur servir. Devaient-ils ouvrir un cirque ? Il imagina sans peine l'effroi de la population à l'idée que ces huit calamités s'étaient dispersées en ville en complète liberté. Il commençait à partager le point de vue du gouverneur : il fallait parler aux gens le langage qu'ils comprenaient. Aussi décida-t-il de faire une offrande officielle au temple de la cité. Le peuple en déduirait que son sous-préfet allait amadouer les déités, ce serait du meilleur effet sur le moral général.

À son vif déplaisir, il constata que la mesure suscitait déjà un certain soulagement chez ses secrétaires, pourtant élevés dans la plus pure tradition confucéenne.

VIII

Le juge Ti arbitre une dispute entre des familles éplorées ; il arrête une goule meurtrière.

Lorsque Ti se rendit au tribunal pour son audience matinale, il eut la surprise de trouver dans le cabinet attenant à la salle, en rang d'oignons, ses trois recrues de la veille, prêtes à lui prodiguer leurs précieux secours. Il avait eu le bonheur d'oublier complètement leur existence au cours de la nuit. Voilà qu'ils se dressaient à nouveau devant lui, sourire aux lèvres, aussi dérangeants que les représentations des dix démons dont l'image l'avait poursuivi par-delà son sommeil. Le taoïste avait l'air aussi sot que la veille, le devin du Yi-king assommé par des libations dont le soupçon se précisait un peu plus dans l'esprit du juge, et la chamane semblait posséder une imagination sans limite en matière de déguisements grotesques. Comme les ordres de Sa Splendeur Illustrissime ne se discutaient pas, Ti passa devant eux sans un mot, repoussa la tapisserie ornée d'un phénix et pénétra dans la salle, bientôt imité par la triade calamiteuse. Il prit place dans le fauteuil posé au centre de l'estrade, tandis que ses nouveaux adjoints se distribuaient autour de lui, debout, comme des étendards autour d'un trône, ravis de la dignité que leur conférait le fait d'être admis dans l'entourage d'un puissant personnage.

Ti avait prévu d'entendre les parents des fiancés foudroyés. Un sbire l'informa qu'une notabilité souhaitait présenter une requête concernant un président de guilde. Conformément à l'ordre établi, celle-ci avait la priorité sur l'enquête au sujet d'un simple scribe allié à des marchands de draps. L'heure n'était pas à renverser les préséances, elles étaient la seule chose à laquelle ils pouvaient se raccrocher. Ti fit donc signe de laisser approcher le plaignant. Un homme encore jeune, fort correctement vêtu, vint se prosterner devant la table de justice.

– Le misérable vermisseau qui rampe devant vous a nom Tian Han. Mon frère, le président de la guilde des bâtisseurs Tian Chengsi, n'a pas reparu depuis hier au matin. Ma belle-sœur et moi l'avons attendu en vain pour le dîner de la fête des âmes affamées. Nul ne l'a vu depuis qu'il a quitté son travail. Comme il n'est pas dans ses habitudes d'agir ainsi, et vu les circonstances particulières, nous avons jugé qu'il convenait de vous avertir au plus tôt.

Ti ne pouvait se tromper quant aux « circonstances particulières » auxquelles il était fait allusion. Un frémissement parcourut les personnes présentes. Force lui fut de constater l'effet désastreux causé sur sa population par cette disparition. Il aurait préféré être averti en privé, en toute discrétion. Il était ridicule d'affoler leurs concitoyens avec ce qui pouvait n'être qu'un malentendu ou un simple contretemps. Il promit de faire ce qu'il pourrait pour établir ce qu'il était advenu de l'honorable Tian Chengsi, mais précisa qu'il était fort occupé en ce moment par deux ou trois affaires en cours.

– Justement, noble juge, reprit le jeune homme. Si nous nous sommes empressés d'attirer l'attention de Votre Excellence sur le cas de mon malheureux frère, c'est qu'il fait partie de ceux qui vous ont accompagné dans la tombe du champ de l'ouest, il y a deux jours.

À ces mots, l'effroi du public atteignit son comble. Ti lui-même se sentit troublé. Fallait-il que tous ceux qui étaient descendus dans ce trou subissent un sort fatal ? Allait-il les voir périr les uns après les autres avant de succomber lui-même ? À moins que le gouverneur ne se charge de lui faire connaître un sort funeste pour lui apprendre à mettre sa vie en péril ! Il avait voulu recevoir Sa Splendeur avec faste et l'avait conduite dans l'une des bouches de l'enfer, le pire traquenard de tout le pays ! Il vit en un instant sa carrière brisée, son honneur foulé au pied, son corps mutilé par la main du bourreau sous un écriteau proclamant « Traître à l'État », puis sa femme et ses enfants vendus comme esclaves sur le marché de Chang-an.

Ayant repris ses esprits, il interrogea le frère du disparu pour savoir si ce dernier transportait une grosse somme, s'il avait des ennemis, des dettes, ou s'il entretenait une liaison, voire un deuxième foyer. Le jeune homme ayant obstinément répondu « non » à chacune de ses questions, Ti comprit qu'il était englué dans une nouvelle affaire mystérieuse dont il n'avait absolument pas besoin en ce moment.

Soucieux de montrer au peuple qu'il ne prenait pas l'événement à la légère, il demanda à ses trois conseillers spéciaux s'ils avaient quelque chose à dire sur ce cas. Le taoïste voulut savoir quel était le signe astral du disparu et hocha la tête d'un air pénétré sans ajouter un mot. Le devin du Yi-king déclara qu'il recevrait volontiers le plaignant pour consulter ses baguettes. La chamane assura qu'elle ne manquerait pas d'interroger les esprits de la nature pour vérifier que le bâtisseur n'avait pas mécontenté l'un ou l'autre. Atterré, Ti coupa court avant que son audience ne se transforme en foire aux sortilèges. Il assura que rien ne serait négligé pour résoudre ce problème et fit signe aux sbires de lui envoyer les témoins suivants.

MM. Li et Su arrivèrent de deux côtés opposés de la salle. Parvenus au premier rang, ils découvrirent sur l'estrade le maudit prêtre qui avait dressé le thème astral de leurs enfants. Si le lettré eut simplement l'air choqué, l'honnête commerçant en tissus fit le signe d'une gorge que l'on tranche d'un coup de couteau rageur. Le taoïste, quant à lui, mima à la perfection l'innocence outragée.

Li, d'une lignée de petits lettrés peu fortunés, n'avait rien en commun avec les Su, marchands aisés mais du genre parvenu. Ti était bien placé pour savoir que l'État rétribuait rarement ses serviteurs cultivés au niveau de leur mérite. Les commerçants, en revanche, ne jouissaient pas d'une réputation à la hauteur de leur richesse : c'était la caste la plus méprisée de la société des Tang.

M. Li s'agenouilla devant le mandarin pour lui rappeler que, employé au service de l'administration, son clan était sous sa protection. L'assassinat du jeune scribe était une injure personnelle infligée au magistrat. Ti l'assura de son soutien et de sa compréhension. Voyant cela, Su se jeta lui aussi à ses pieds pour réclamer justice.

Le juge demanda aux deux pères s'ils se connaissaient des rivaux capables d'assassiner leur progéniture. Ils échangèrent des regards haineux. Ti devina qu'ils n'avaient plus à présent qu'un seul rival : la famille adverse.

– Nous, lettrés, avons peu d'ennemis, remarqua M. Li, un homme sec à la fine barbe poivre et sel, qui arborait le beau visage serein d'un amateur de textes classiques. Tel n'est pas le cas des boutiquiers, prêts à tout pour s'enrichir, ajouta-t-il avec amertume.

M. Su était au contraire replet, avec une face rougeaude et des joues rebondies par l'usage immodéré de la bonne chère. Il devait trôner avec bonhomie derrière ses piles de draps. Pour l'heure, il avait plus l'air d'un taureau aiguillonné par un taon.

– Il faudrait d'abord établir par quel biais l'honorable Li Shigu est parvenu à s'introduire dans une demeure honnête pour s'enfermer avec une fille à la moralité sans tache ! rugit-il sans quitter des yeux le père du séducteur. Il est clair que ma malheureuse enfant a succombé à son violeur alors qu'elle tentait de protéger sa vertu, le bien le plus précieux d'une femme !

Il n'avait pas semblé au juge Ti que la posture des défunts témoignât d'une lutte acharnée. La mort tragique de leur demoiselle avait changé celle-ci en une sainte telle qu'on n'en trouvait que dans le paradis bouddhique. Il y avait lieu de croire que la vérité était plus prosaïque.

— La petite Su Xiaomei avait-elle été préalablement promise à un autre homme qui aurait pu vouloir se venger ? hasarda le magistrat.

Sa supposition provoqua un rictus de contrariété sur le visage des Su, tandis que les Li étouffaient une exclamation de triomphe : n'étaient-ils pas certains depuis le début que le côté de la fiancée était responsable du drame ?

Les dénégations du marchand se changèrent très vite en attaque contre les parents du promis. C'était une belle union qu'on prévoyait là ! L'entremetteuse qui avait mis l'affaire sur pied avait vanté aux Su ce gendre employé dans les coulisses du pouvoir local, et aux Li la fortune de ces boutiquiers nantis. L'intérêt mercantile avait fait taire les scrupules de part et d'autre. À présent qu'une catastrophe s'était produite, il ne restait rien de ce marchandage, le *statu quo* avait volé en éclats, ils n'étaient plus animés que par le remords d'avoir fait céder leurs principes à l'appât du gain, et par le mépris que leur inspirait le clan d'en face.

— Jamais nous n'aurions dû ouvrir notre porte à ce voyou !

— Vous n'aviez qu'à la garder, votre traînée !

C'était en l'occurrence la tombe de leurs ancêtres qui les attendait l'un et l'autre. Ti engagea les deux pères à faire la paix et proposa que les jeunes gens soient inhumés ensemble pour avoir au moins le réconfort d'être unis dans l'au-delà. Li et Su manquèrent s'étouffer de rage.

À vrai dire, Ti avait beau imaginer un assassin tapi dans l'ombre, lançant des fléchettes empoisonnées sur ses victimes à travers l'interstice d'une fenêtre, il ne connaissait pas de poison capable de provoquer un décès si rapide et indolore que les moribonds ne se soient aperçus de rien, au point de continuer à s'embrasser comme si tout allait pour le mieux. Ou bien ces malheureux, se sachant condamnés à brève échéance, s'étaient-ils étreints dans un ultime baiser ? L'explication avait davantage de quoi séduire un amateur de poèmes sentimentaux qu'un magistrat.

C'est alors qu'un individu vêtu en petit artisan fendit la foule pour parvenir jusqu'à l'estrade. Il tenait par la main un garçon d'une dizaine d'années aux pieds nus, dépenaillé comme l'étaient en général les gamins des couches sociales les plus basses. L'homme glissa quelques mots à l'oreille d'un sbire, qui monta sur l'estrade pour les répéter au juge. Ce dernier fit signe qu'il autorisait le témoignage. L'artisan s'agenouilla donc devant la table et dit au garçon de l'imiter. Il déclina son nom, expliqua qu'il travaillait comme tresseur de cordes à deux pas de la maison du crime. Ce jour-là, ses enfants jouaient dans la rue.

– Mon aîné, noble juge, dit avoir vu l'assassin des deux jeunes gens retrouvés morts dans la maison de mon voisin, M. Su.

« Enfin une bonne nouvelle ! » se dit Ti en invitant d'un geste le gamin à s'exprimer. D'une petite voix intimidée, ce dernier expliqua qu'il s'amusait sous les fenêtres du drapier lorsqu'il avait vu entrer le fiancé de « la belle Xiaomei ». Au bout d'un long moment, il avait percé un petit trou dans le papier huilé de la fenêtre et avait vu que les jeunes gens s'embrassaient sur les coussins. Ils avaient près d'eux un guéridon avec une fiasque à vin et deux bols. Fasciné par ce spectacle, il avait continué de les espionner pour étoffer sa connaissance des pratiques amoureuses, un sujet plein d'intérêt pour les enfants de cet âge. Au bout d'un long moment durant lequel les amoureux n'avaient pas changé de position, il avait vu entrer un homme.

Ti l'arrêta pour lui demander comment était cet homme.

– Grand, avec une belle barbe blanche et une robe orange. Il portait un sac de cuir. Il a pris la fiasque et les bols, sans un regard pour Xiaomei et son fiancé qui continuaient de s'embrasser. Puis il est parti.

La description évoquait assez M. Li. Les regards de plusieurs personnes, dont celui de M. Su, se tournèrent vers le lettré, qui restait suspendu aux lèvres du petit témoin. Lorsque Ti demanda s'il connaissait cet homme, le gamin fit signe que oui.

– C'est lui, conclut-il en pointant son doigt vers le public.

Le doigt parcourut tout le côté gauche de la salle, glissa sur le père du défunt, que tout le monde imaginait déjà en tueur sans scrupule, et s'arrêta sur le vérificateur des décès, qui attendait pour présenter son rapport officiel. Ce dernier ne se montra pas du tout aussi impassible que M. Li, qui arborait comme lui une fine barbe blanche. Il ouvrit de grands yeux et émit bientôt des grognements offusqués. Ti nota qu'il portait en effet une robe orange. Son sac de cuir lui servait à transporter ses instruments et quelques médicaments d'urgence. Sur un signe du juge, deux sbires l'invitèrent à approcher.

Le médecin eut du mal à s'agenouiller tant il était furieux. Il confirma qu'il habitait non loin de là, que les Su faisaient partie de sa clientèle et qu'on l'avait donc vu entrer chez eux à de nombreuses reprises.

M. Li se remit à son tour à genoux pour s'adresser au magistrat :

– Il est évident, noble juge, que les Su ont fait venir leur médecin, qui habite tout près, pour ôter les traces de leur méfait avant la découverte des cadavres. Sans doute leur a-t-il même fourni le poison.

Le contrôleur des décès démentit avec véhémence, pour autant que l'indignation lui permît d'aligner deux mots intelligibles. Le gamin chuchota quelque chose à l'oreille de son père, qui éleva la voix pour indiquer au juge qu'il souhaitait compléter son témoignage.

– Après le départ du médecin, j'ai aussi vu sortir la sœur de Xiaomei de la salle où étaient les amoureux. Je me suis caché pour qu'elle ne me voie pas.

Ti avait du mal à en croire ses oreilles. Il semblait que le quartier tout entier avait défilé sur les lieux avant l'arrivée des autorités. Il se demanda s'il n'était pas en présence d'un complot de famille exécuté avec l'aide du médecin. Un autre que lui aurait mis tout ce monde à la torture pour leur faire avouer la vérité. M. Su était à présent aussi effondré que le contrôleur des décès. Déjà l'assistance regardait d'un œil épouvanté ce savant qui avait aidé à commettre ou à dissimuler un infanticide perpétré par des gens en mesure de récompenser grassement ses services. Cette acrimonie envers les riches drapiers mit la puce à l'oreille du magistrat.

— Dis-moi, demanda-t-il au gamin. Le médecin vient-il parfois te soigner, toi ou quelqu'un d'autre dans ta maison ?

L'enfant fit « non » de la tête.

— Xiaomei était-elle ton amie ? Ou sa sœur ?

Même geste. Les soupçons du juge se confirmaient. L'enfant n'avait pas de raison de porter dans son cœur ce médecin pour riches, contre qui ses parents avaient dû pester maintes fois. Mlle Su ne lui était rien non plus.

— Bien, conclut Ti. Je pense que tu n'as pas pu être le seul à voir le médecin entrer dans la maison, et par conséquent qu'il est fort douteux que tu aies vu la sœur de Xiaomei en sortir. Si tu avoues maintenant la vérité, je ne prendrai pas de sanction contre toi et les tiens. Si tu persistes et que je m'aperçois que tu as menti, c'est ta famille et toi qui subirez les peines prévues pour les assassins. Tu m'as bien compris ?

L'enfant ne répondit pas. Il était paralysé par la surprise et par la peur. Il chercha le regard de son père, qui le contemplait avec des yeux ronds. Il se mit alors à pleurer et reconnut qu'il n'avait rien vu du tout.

Le juge Ti leva les bras au ciel et les laissa lourdement retomber sur ses cuisses. Il n'avait pas assez des assassins et des démons, il lui fallait affronter l'imagination fertile des petits garçons ! Celui-ci en regorgeait. Il avait raconté n'importe quoi à ses frères et sœurs pour se rendre intéressant, ceux-ci l'avaient répété à leurs parents, et il avait fini par devoir mentir devant le sous-préfet pour ne pas se contredire.

L'artisan s'aplatit sur le dallage pour présenter ses excuses. La peine encourue pour un faux témoignage était la même que pour le crime faussement dénoncé, ce qui pouvait les mener très loin dans le cas d'un meurtre prémédité. Ti fit signe qu'ils pouvaient se retirer, et l'homme emmena son fils avec une calotte derrière la tête, qui serait loin d'être la dernière.

Ti déclara que les dépouilles seraient rendues aux Su et aux Li pour qu'ils en fassent ce qu'ils voudraient. Quelle que soit leur haine réciproque, la rumeur publique les mettait tous d'accord en les confondant dans la même suspicion d'avoir voulu se débarrasser de l'autre conjoint et d'avoir tué le leur par accident.

Le juge mit fin à l'audience et se retira. Une fois dans son cabinet, ses secrétaires le débarrassèrent de son épaisse robe verte, trop chaude pour la saison, et l'aidèrent à en enfiler une de soie fine beaucoup plus agréable. Il émit le vœu que la prochaine séance soit moins mouvementée. Ses secrétaires lui rappelèrent qu'il avait promis de s'intéresser au cas de l'antiquaire dont la maison était hantée. Leur compassion suggérait que l'honorable M. Dong avait copieusement distribué les prébendes dans les couloirs du yamen. Au reste, cet homme faisait partie des gens descendus dans le tombeau fatidique : Ti ne tenait pas du tout à le voir périr ou s'évanouir dans la nature.

– Après tout, voilà une question tout à fait rafraîchissante, dit-il d'un air blasé. Je vais aller chez cet honnête citoyen qui se plaint d'un fantôme. Les délinquants d'outre-tombe ne peuvent pas être plus retors que les escrocs et les mauvais contribuables qui font mon ordinaire !

Il s'y rendit en palanquin. Lorsque ses porteurs l'eurent déposé à l'adresse indiquée, il fut très étonné de se trouver face à face avec ses trois conseillers spéciaux, qui avaient suivi à pied.

– Votre Excellence a omis de nous faire chercher, aussi avons-nous eu à cœur de pallier cet oubli, expliqua le taoïste.

Ti se consola en songeant que l'examen d'une maison hantée était tout à fait dans leurs cordes.

Le commerce de vieilleries occupait le rez-de-chaussée. La porte était ouverte et il n'y avait personne. Ils se trouvaient au milieu d'un entassement de figurines en jade représentant de prétendues déesses les seins à l'air, de pots en bronze arrachés à quelque tombeau dont l'existence avait échappé au gouverneur, de terres cuites dont le style ancien était contredit par une patine impeccablement fraîche. C'était un déluge de mochetés en tous genres, qui avaient sûrement du succès dans les couches les moins éclairées des amateurs d'art, vu l'opulence de la boutique. « Nous avons bien fait de nous attacher ses services, se dit le juge. C'est en effet un expert dans les domaines de l'authenticité et du bon goût. »

Ses pensées furent interrompues par la chamane, qui déclara, les mains dressées au-dessus de la tête, qu'elle entendait la voix d'une âme tourmentée qui appelait au secours. Puis elle s'intéressa à un petit service à thé blanc et bleu qui supplanta sans peine les âmes tourmentées. Le devin du Yi-king tira de sa manche deux morceaux de bois en demi-lune qu'il jeta sur le sol.

– La réserve d'alcool est dans le placard de droite ! annonça-t-il.

Le magistrat eut envie de le noyer dans une bassine de *baijiu*[1]. Seul le taoïste s'était abstenu de donner le moindre verdict.

– Et vous ? Vous n'avez pas un tour de magie à exécuter ? lui lança le juge.

– Les tours joués par les spectres de la montagne sont sans limites, mais l'indifférence du vieux moine est infinie, répondit le prêtre avec un regard dédaigneux pour ses acolytes.

– Il y a quelqu'un ? appela Ti. C'est votre magistrat qui est là !

1. Alcool de riz.

Il était étrange que la maison fût ouverte à tout vent. Il eut un mauvais pressentiment. Les quatre visiteurs grimpèrent l'escalier très raide menant à l'étage où logeaient les boutiquiers. Ils pénétrèrent dans un intérieur confortable, décoré d'objets beaucoup moins vilains que ceux proposés à la clientèle. Les murs étaient recouverts de jolis paysages monochromes et de calligraphies anciennes.

– Ils ont des tapis de l'Ouest lointain, remarqua le taoïste, qui semblait s'y connaître. J'en vois qui valent une fortune.

– Celui-ci va subir une forte décote, dit le devin depuis la pièce voisine.

Ils le rejoignirent dans le cabinet particulier de l'antiquaire. Un tapis précieux aux délicats motifs entrecroisés recouvrait en effet le plancher. Son propriétaire y gisait au milieu d'une large tache de sang. Ti tâta son pouls. Le poignet était inerte et froid. Cela devait faire un moment qu'il était mort.

– Je vous avais bien dit qu'une âme tourmentée appelait au secours ! s'écria la chamane avant de redescendre dans la boutique pour mettre de côté le service à thé en porcelaine, dont le prix allait certainement chuter.

– Son décès était inscrit dans sa main, déclara le devin, qui comptait la chiromancie parmi ses nombreux talents. Voyez-vous cette ligne interrompue ? C'est le signe qu'il devait périr prématurément. S'il était venu me voir, il aurait au moins pu préparer ses funérailles.

Ti faillit demander s'il avait encore des clients, mais préféra se concentrer sur le cadavre. Il nota que la blessure semblait avoir été faite par un outil de forme courbe, comme par exemple une serpe.

– Je me demande où est son épouse, dit-il, espérant ne pas tomber sur un autre corps.

La chamane se lança aussitôt dans une invocation. Il allait la faire taire sans ménagement quand, contre toute attente, des coups sourds lui répondirent. Elle égrena une série de questions sur ce qui était arrivé à la disparue, et celles-ci reçurent des réponses aussi précises que possible.

– Demande-leur si je vais gagner aux dés ce soir ! s'empressa de lui souffler le maître du Yi-king.

– Taisez-vous ! dit le taoïste, outré. Vous insultez l'art sublime de la divination !

Ti avait sa propre méthode pour retrouver les personnes manquantes. Il partit à la recherche de l'origine des coups. Le son le conduisit à l'arrière de la maison. Il y avait là une grosse porte fermée par un loquet métallique. Dès qu'il eut débloqué la fermeture, la porte s'ouvrit à la volée sur un réduit encombré de linge et d'ustensiles, au milieu desquels se tenait la femme aux formes opulentes qu'il avait aperçue la veille au tribunal.

– Je trouve que j'ai droit à une prime, affirma dans son dos la chamane.

La femme de l'antiquaire semblait très choquée par sa réclusion forcée. Elle fit un pas hors du placard et s'évanouit à moitié dans leurs bras. Ils se mirent à trois pour la soutenir jusqu'au divan de la pièce principale. La devineresse s'activa pour l'aider à reprendre ses esprits, la fit allonger et l'éventa à l'aide d'un parchemin de la dynastie Han à manipuler avec respect.

— Il lui faudrait une liqueur forte, dit-elle.

— Je m'en occupe ! répondit le devin.

Un instant plus tard, la chamane présentait à la malheureuse un petit bol en métal ouvragé où l'on avait versé une bonne rasade d'arak[1] fortement alcoolisé. Si bien que la première chose que découvrit la pauvre femme, une fois revenue de son étourdissement, fut la face blême aux yeux cernés de noir d'une sorcière accoutrée pour la fête des morts. Dès qu'elle eut reconnu le juge, elle s'écria qu'un malfaiteur avait pénétré chez eux. Comme son mari n'était pas assez prompt à lui remettre sa cassette, il l'avait tué, puis l'avait poussée jusqu'au réduit où ils l'avaient trouvée.

— S'il vous a laissé la vie, je suppose que c'est parce que vous ignorez totalement qui il est ? déduisit le magistrat.

La veuve confirma ses craintes. Elle ne l'avait jamais vu auparavant.

— En revanche, il a pris quelque chose de très reconnaissable, ajouta-t-elle. La cassette de mon époux contenait un bijou d'une certaine valeur, une étoile de rubis montée en broche sur de l'or fin. C'est sans doute ce qu'il venait chercher.

A contrario, Ti se dit que, si le voleur avait tué l'antiquaire, c'était peut-être que ce dernier le connaissait, ce qui réduisait un peu la liste des suspects. Il

---

1. Mot d'origine turque qui désigne les vins chinois à forte teneur en alcool.

demanda si elle n'avait pas au moins remarqué un détail quant au physique de l'agresseur, quelque chose qui permît de lancer des recherches. Elle fit un effort pour se remémorer ces pénibles instants.

– Il portait un curieux bonnet qui le couvrait jusqu'en haut du cou. Une coiffure qui n'est pas de chez nous, j'en suis sûre.

« Un étranger peut-être ? » songea Ti. La Corée n'était qu'à quelques encablures, de l'autre côté de la mer Jaune. Il espéra qu'il n'y avait aucun rapport. Si l'on apprenait que des Coréens attaquaient la région avec l'aide des puissances obscures, ce serait l'hallali sur leur communauté.

Ti partit en quête d'indices, tandis que ses conseillers fouillaient le logement à la recherche de l'assassin. Le premier étage était occupé par les pièces de réception, le second par les chambres. La cuisine se trouvait au rez-de-chaussée, derrière le local commercial. Sur la table traînaient encore les restes d'un repas pris sur le pouce. Ce détail intrigua le magistrat. Il posa le doigt sur les victuailles. La tranche était encore fraîche, on s'en était coupé un morceau bien après le meurtre de l'antiquaire. Il y avait des miettes sur le sol. Il y en avait aussi dans la boutique et jusqu'au bas de l'escalier. La piste reprenait à l'étage.

– Êtes-vous allée vous faire un en-cas après la mort de votre mari ? demanda-t-il à la veuve.

Elle le regarda avec des yeux ronds.

– Comment aurais-je fait, noble juge ? J'étais enfermée avec le linge !

Il suivit les miettes jusqu'au second, où étaient les chambres. Arrivé là, le grignoteur avait dû terminer son repas et s'en aller : c'était un cul-de-sac. Perplexe, Ti redescendit examiner le loquet du placard où avait séjourné la veuve. Il constata qu'il ne pouvait en aucun cas être manipulé de l'intérieur. Il n'y avait donc que deux explications possibles : soit quelqu'un était venu ici après le meurtre, s'était restauré et s'était promené dans la maison sans rien emporter ni donner l'alarme, ce qui était bien curieux, soit l'assassin avait fait une dînette avant de monter explorer les chambres, alors qu'il avait déjà obtenu la cassette aux bijoux et risquait de se faire surprendre à tout moment.

Ti retourna dans le cabinet de travail où gisait la victime. Le taoïste y était de nouveau. Son impavidité de religieux avait été anéantie par une lueur d'effroi que Ti remarqua dans ses yeux.

– J'ai trouvé notre suspect, dit-il en pointant le doigt sur un angle du plancher.

Une vieille statuette en céramique était posée sur le sol. Ti la reconnut immédiatement. C'était la goule *wangliang*, avec ses yeux exorbités et ses griffes acérées. Il se rappela les mots de son scribe : les *wangliang* ont d'énormes oreilles en forme de feuille de chou, c'est pourquoi elles portent toujours un casque, un turban… ou un bonnet. Cela expliquait le curieux couvre-chef de l'assassin et la forme de la blessure : l'antiquaire n'avait pas été transpercé par une serpe, mais par une griffe géante !

Ti ramassa la figurine, qui le dévisageait de ses yeux furibonds. Voilà que les démons se mettaient à cambrioler les bijouteries ! Le devin, la chamane et la veuve se tenaient sur le seuil. Ils contemplaient la terre cuite avec épouvante.

– C'est donc vrai, ce qu'on raconte... murmura l'épouse de l'antiquaire.

Ti lui demanda comment cet objet, dérobé au yamen, était parvenu jusque chez elle. Elle jura n'en avoir aucune idée.

– Les goules *wangliang* savent grimper aux murs, affirma le devin avec un rictus d'horreur. Elle se sera introduite par la fenêtre !

Ti les prévint que le prochain à proférer de telles sottises irait réfléchir sur l'au-delà dans les sous-sols du tribunal. Il enveloppa l'effigie démoniaque dans une feuille de soie, enjoignit à la veuve de ne pas ébruiter ce détail, et prit congé, suivi de son iné-vitable aréopage.

Dès qu'ils furent à l'extérieur de la boutique, le taoïste crut nécessaire de lui faire part de son opi-nion sur l'avenir de son petit secret :

– Demande à une femme de se taire et à l'eau de ne plus couler.

La chamane protesta avec véhémence contre ces propos d'un autre âge, si bien qu'ils eurent le spec-tacle d'une espèce de grosse chouette poussant des cris d'orfraie. Ti les laissa à leur polémique sur la nature féminine et grimpa dans son palanquin. Tandis que les porteurs le convoyaient vers le yamen, il se dit que le cambrioleur avait dû abandonner exprès cet objet derrière lui pour faire accuser la goule. Le témoignage de la boutiquière allait dans le même sens. Il en fallait moins que ça pour convaincre les naïfs que l'enfer s'était ouvert sur le pas de leur porte. Lui-même sentait vaciller son beau matérialisme confucéen. En fait, que leur restait-il, sinon le réconfort de la religion ? L'équipage passait justement devant le temple de la cité, une grosse pagode plantée au cœur de la ville. Comme s'il avait lu les pensées du juge, le taoïste rejoignit le palanquin pour lui délivrer un échantillon de sagesse séculaire :

– Le bonze est parti, le temple ne s'en ira pas.

Les institutions duraient davantage que leurs adeptes. En l'occurrence, il avait tout à fait raison. Il fallait se raccrocher à ce qu'il y avait de plus solide. La seule force qui pouvait vaincre les démons et les peurs irraisonnées, c'était la foi populaire.

Dès qu'ils furent arrivés au yamen, Ti envoya un serviteur chercher les autres statuettes et repartit en sens inverse avec son précieux chargement. Chaque ville de l'empire possédait un temple des remparts et des douves dédié au *chenghuang* local, dont le culte s'était généralisé sous les Tang. Il s'agissait d'un juge d'outre-tombe responsable de la sécurité et de la prospérité urbaines, doté de pouvoirs judiciaires sur les fantômes de même que Ti sur les humains. Le sous-préfet nota l'abondance d'offrandes votives devant le porche. La ferveur envers cette fête des âmes affamées avait été revigorée par le drame qui touchait ses concitoyens.

La disposition intérieure était semblable à celle du tribunal. La statue du *chenghuang* trônait derrière l'autel en forme de table de justice. Elle était flanquée de ses assesseurs, le juge civil à sa gauche et le juge militaire à sa droite. Le premier tenait à la main un document où étaient inscrits les faits et gestes des habitants. Le second levait une masse d'arme qui lui servait à exécuter les sentences. Des instruments de supplice étaient accrochés aux murs. C'était un lieu impressionnant, où l'on n'était pas censé entrer sans une bonne raison.

Ti se prosterna avec respect devant son homologue statufié. Il déposa les figurines sur la table pour les confier à la surveillance du dieu tutélaire et de ses prêtres. C'était le meilleur signe qu'il pût adresser à ses administrés. Sur ce même autel, un miroir symbolisait l'intégrité et un boulier rappelait l'adage selon lequel « les comptes du Ciel sont plus justes que ceux des hommes ». Ti espéra plus que jamais que la formule n'était pas vaine.

Comme toutes les divinités chinoises, les différents *chenghuang* étaient d'anciens mortels choisis par l'empereur de jade pour leurs mérites. Le juge Ti se dit qu'il finirait peut-être lui-même sous cette forme après sa mort, s'il ne commettait pas trop de bévues d'ici là[1].

Il effectua une petite prière pour la galerie, ce qui de toute façon n'était pas de trop dans l'imbroglio où il se débattait. Avisé de sa présence, le prêtre du *chenghuangye* vint lui faire part de ses inquiétudes : le peuple était remué par tous ces événements diaboliques. Le départ du gouverneur, bien que normal, avait été interprété comme une marque de panique des autorités.

---

1. Certains voyageurs auront en effet la surprise de découvrir des effigies du juge Ti au hasard de leurs visites dans les temples.

« Eh bien ! La fête des fantômes va être agitée, cette année ! » se dit le juge en descendant les marches de la pagode.

Sa journée avait été chargée. Il avait bien mérité de se détendre. Il eut envie d'aller prendre le repas du soir avec ses épouses.

Trois visages élégamment fardés se tournèrent vers lui lorsqu'il pénétra dans le gynécée. Son arrivée fut saluée par un silence pesant. À peine eut-il pris place à table que sa Première posa la question qui leur brûlait les lèvres :

– Il paraît qu'une de ces affreuses statuettes a de nouveau frappé ?

Ti en déduisit qu'il n'avait pas réussi à empêcher l'eau de couler.

IX

Le juge Ti pourchasse un délinquant d'outre-tombe ; il obtient l'aide d'un chat.

Ti avait annulé l'audience matinale. Pour restaurer l'ordre public, une bonne séance de réflexion lui semblait plus utile que d'écouter des doléances au sujet de litiges commerciaux, de vaches perdues et de barrières illicites. Il était donc tranquillement installé dans son cabinet, à prendre des notes sur les meurtres soumis à son jugement, lorsqu'un serviteur à la mine catastrophée vint l'avertir qu'une plaignante demandait à le voir au plus tôt. Ti répondit qu'il n'avait pas le temps et qu'il la verrait au tribunal.

– C'est qu'elle est accompagnée d'un de vos conseillers spéciaux, insista le serviteur, très gêné.

« Tiens », se dit le juge. Voilà que les bons à rien faisaient du zèle. Il fit signe de laisser entrer, curieux de voir quel étrange gibier l'un de ses rabatteurs lui amenait.

Il ne fut pas long à comprendre pourquoi le valet était si troublé. Une petite femme toute en rondeurs pénétra dans la pièce, tirant derrière elle la chamane en grand costume de consultation des âmes, avec vêtement de plumes noires et couvre-chef en peau de lézard, l'air totalement hallucinée. La visiteuse s'inclina très bas devant le juge. Elle se présenta comme l'épouse du chef des bâtisseurs Tian Chengsi, dont la disparition avait été signalée la veille.

– Je suis venue informer Votre Excellence que mon mari est mort et que je sais à peu près en quel lieu il repose, annonça-t-elle d'une voix émue.

Ti dissimula la perplexité dans laquelle le plongeait cette nouvelle. « À la bonne heure ! pensat-il. Si les plaignants se mettent à mener les enquêtes à ma place, je vais avoir plus de temps pour me consacrer à l'étude de la poésie classique. »

– Une devineresse de grand talent m'a révélé tout cela il y a moins d'une heure pendant une transe, reprit l'épouse du bâtisseur.

Comme elle désignait la chamane en pleine crise, immobile derrière elle, Ti sourit de l'expression « devineresse de grand talent ». Cette dernière ne semblait pas être sortie de sa transe depuis ces révélations mirifiques. Elle restait muette, le regard perdu dans le vague, comme une ivrognesse en état de stupidité éthylique. La dame expliqua que son cher mari avait consulté la devineresse juste avant de disparaître. Il en était revenu très content : elle lui avait prédit le naufrage d'un vaisseau de son principal concurrent. Ti nota que sa conseillère s'était bien gardée de lui dire qu'elle connaissait le disparu ; c'était un détail qu'ils régleraient lorsqu'elle aurait fini de regarder d'invisibles moutons sauter des buissons immatériels.

– Elle a tout vu, noble juge ! Sur le point de retourner chez nous, où nous l'attendions pour fêter les âmes affamées, mon mari a été assailli par un inconnu avant d'avoir pu atteindre la porte de la ville. Elle a même décrit le meurtrier : il est grand, maigre, avec les cheveux collés sur le front, et se déplace par bonds.

« Qu'est-ce qu'elle a encore avalé comme saleté ? » se demanda le magistrat en passant une main devant les yeux de la médium, qui ne cilla pas. Il devenait urgent de produire un édit contre l'abus des plantes hallucinogènes. Voilà qu'on lui amenait des drogués jusque dans son bureau !

Il sursauta lorsque la chamane éleva soudain les bras, le regard toujours fixe.

– Il a tué pour se nourrir ! déclara-t-elle d'une voix sépulcrale. Il a bu le sang du gros bourgeois ! Il s'en est allé repu, mais son âme ne connaîtra jamais la paix !

Mme Tian poussa un gémissement et se détourna pour enfouir son visage dans ses larges manches.

– Inutile de chercher le corps dans l'eau, reprit la sorcière avec de grands gestes, comme si elle s'était déplacée dans un paysage visible d'elle seule. Il est sur la rive droite, au pied d'un talus, à l'ombre de trois arbres. Un peu de terre le recouvre. Il sera découvert et l'assassin sera pris !

– Il doit s'agir de la rivière qui coule à l'ouest de notre ville, expliqua la femme du bâtisseur. C'est

137

par là que se trouve l'affaire de mon mari. J'ai prévenu mon beau-frère, il est parti fouiller l'endroit.

Ti fut contrarié de l'apprendre. Si farfelu que fût ce témoignage, on ne devait pas marcher sur ses plates-bandes. Il décida de s'y rendre en personne, ne fût-ce que pour démontrer à ses concitoyens que les visions d'une démente ne sauraient remplacer dix ans d'études confucéennes.

La voyante sortit brutalement de sa torpeur.

– Je prendrais bien une tasse de thé, dit-elle en se tenant la tête comme si elle avait eu la migraine.

Ti ne savait que penser. Après tout, elle avait paru très sûre d'elle dans la maison de l'antiquaire assassiné.

– Si vous me trouvez celui-là, promit-il, je vous enrôle pour de bon !

Il assura à Mme Tian qu'il prenait les choses en main et quitta les deux femmes pour aller passer une robe de ville.

Quand il pénétra dans l'appartement de ses épouses, le sol était parsemé de souliers. Sa Deuxième se tenait au milieu de la pièce, consternée.

– Il faut renforcer notre protection contre les *t'anmo* ! s'écria-t-elle en fronçant les sourcils.

– Tiens donc ! Et pourquoi ça ?

– Voyez-vous cela, seigneur ? C'est « non », de tout côté ! Nos pantoufles sont toutes d'accord !

Une pratique féminine de consultation du sort consistait à jeter son chausson devant soi. La réponse était favorable lorsqu'il retombait semelle en l'air. En l'occurrence, ses pantoufles s'obstinaient à la contrarier. Il lui expliqua qu'il ne fallait pas croire tous

138

les signes. S'il avait fait de même, il lui aurait fallu porter foi aux propos de la chamane, qui venait de lui annoncer l'assassinat du bâtisseur Tian !

– Le bâtisseur Tian ? répéta sa Deuxième. Je l'ai croisé chez elle. Elle a prédit sa fin prochaine. Vous dites qu'il a été assassiné ?

Le désarroi du juge augmenta un peu plus. Une voix les fit se retourner.

– Je vous avais prévenu qu'elle ne voyait que des calamités, dit sa Première, qui se tenait sur le pas de la porte, l'œil fixé sur le paysage de souliers jonchant leur salon.

Décidé à ne plus perdre un instant, Ti monta en litière pour se rendre sur les lieux aussi vite que ses porteurs pourraient l'y conduire. L'équipage parcourut la longue avenue menant à la porte de l'ouest, la franchit sous le salut respectueux des gardes, et poursuivit à travers la campagne en direction de la rivière. Un seul chemin allait de la ville à l'appontement où s'amarraient les bateaux de commerce. La rive droite s'étendait de l'autre côté d'un pont de bois dont l'arche centrale était assez haute pour que les navires puissent passer dessous. Ti donna l'ordre de traverser et ouvrit les rideaux. Ils longèrent le cours d'eau tandis qu'il observait les alentours, à la recherche d'un éventuel talus et des trois arbres indiqués par la voyante. Il commençait à s'irriter contre sa propre naïveté quand il aperçut Tian Han, le frère du disparu, qui lui faisait de grands signes depuis une butte. À peine eut-il posé le pied sur le sol boueux qu'il remarqua ce qui avait provoqué l'émotion du jeune homme : trois arbres isolés poussaient au pied de la petite éminence.

– C'est l'endroit décrit par la chamane, noble juge ! s'écria Tian, très ému. J'ai apporté un bâton ferré pour sonder le sol !

Ti constata avec soulagement qu'il n'était pas le seul à prendre au sérieux les propos d'une femme au crâne surmonté d'un lézard mort. À force d'enfoncer avec fébrilité sa canne ici et là, Tian Han finit par trouver un coin où elle pénétrait profondément.

– La terre a été remuée par ici, constata le juge.

– Je sens quelque chose de dur, en dessous, dit Tian-le-cadet.

Comme sa crédulité n'était pas allée jusqu'à lui faire emporter des outils, Ti donna l'ordre à ses porteurs de creuser avec les mains. Ils ne tardèrent pas à mettre au jour un morceau d'étoffe qui n'était pas là depuis longtemps. Les esclaves redoublèrent d'effort, si bien qu'un corps allongé sur le ventre fut bientôt dégagé. Il fallut le retourner et nettoyer le visage de la boue qui le maculait. Le jeune Tian poussa un cri et se prosterna au bord de la tombe pour implorer les dieux d'accueillir l'âme de son malheureux frère.

Ce dernier était exsangue, la face couleur d'ivoire. Lorsque les porteurs l'eurent sorti de la fosse, Ti écarta les pans de sa tunique. Sa gorge avait été mise en perce comme un tonneau. Ses veines ne devaient plus contenir une goutte de sang. Tout cela ressemblait horriblement aux prédictions. Un murmure d'effroi parcourut les hommes autour de lui.

– Regardez, noble juge ! dit l'un d'eux, le doigt pointé sur le trou oblong d'où l'on avait ôté le cadavre.

Il y avait un petit objet tout au fond. C'était une statuette en céramique d'un modèle que Ti commençait à bien connaître. Il devina que ses serviteurs préféreraient se faire fouetter plutôt que d'y toucher, aussi se pencha-t-il pour la saisir lui-même. Il s'efforça de se remémorer l'identification établie par son secrétariat. Qu'est-ce que c'était que ce petit bonhomme tout raide avec une mine effarée, la face bleue et la langue pendante ? La mémoire lui revint. C'était un *jiangshi*. Lorsqu'une personne périssait de mort violente et inattendue, par exemple en se noyant, son âme « po » pouvait devenir folle, elle continuait d'animer le corps rigidifié et hantait les lieux sous la forme d'un « esprit affamé ». Tian Han poussa un couinement lamentable :

– Mon frère a été tué par le *jiangshi* d'un noyé !

Ti était déterminé à tout faire pour empêcher cette version de se répandre. Il ordonna à ses serviteurs d'oublier ce qu'ils avaient vu et au frère du défunt de modérer ses émois. Il fit emballer la victime dans un drap de sa litière, la fit allonger à côté de lui, bien que cette compagnie fût loin d'être plaisante, et tira les rideaux. Tandis que ses hommes le ramenaient en ville, il se dit que, contre toute attente, la chamane avait eu raison sur toute la ligne. Tian Chengsi avait bien été assassiné, on avait trouvé ses restes et l'assassin avait été pris : il le tenait entre ses mains.

141

Quand Ti pénétra dans la cave du yamen, le cadavre gisait sur la longue table précédemment occupée par le vieux sbire Mao. Le vérificateur des décès était déjà en train de disposer ses instruments.

– Encore la victime d'un être fantastique, paraît-il, annonça le juge.

– Que Votre Excellence ne s'inquiète pas, je commence à avoir l'habitude, répondit le médecin sur le ton d'un homme qui en avait vu d'autres.

La dépouille était entièrement blanchâtre, hormis les endroits colorés par la glaise rouge de la rive.

– Les morts-vivants enterrent-ils leurs proies ? s'étonna Ti.

– Il l'avait peut-être mis de côté pour son dîner ? répondit le médecin avec un sérieux désarmant.

Ti se rappela de ne plus poser ce genre de question au praticien : la superstition d'un côté, la science de l'autre, c'était la seule façon de s'y retrouver. Selon la chamane, l'assassin avait sauté sur sa victime pour pomper son sang. La gorge présentait en effet un trou par lequel les artères avaient dû se vider. Sans marquer d'émotion particulière, le médecin retourna son sujet d'examen de façon à voir le dos.

– Ah, ah… fit-il en observant la nuque, qu'il tâta d'un doigt expert.

Il le renversa de nouveau et se pencha cette fois sur la blessure de la gorge.

– Le corps était sur le ventre quand vous l'avez trouvé, n'est-ce pas ?

Ti opina du chef.

142

– Je crois pouvoir reconstituer la succession des faits, noble juge. Je ne pense pas me tromper en supposant que notre homme a d'abord reçu un terrible coup sur la nuque, probablement infligé par un bâton. Regardez ces éclats de bois incrustés dans la peau à l'endroit de l'impact. On a cassé une branche dont on s'est servi pour le frapper.

« Quoi de mieux pour tuer quelqu'un à l'orée d'un bois que d'utiliser une branche ? se dit Ti. Nul besoin de rien apporter avec soi, et il suffit ensuite de la jeter n'importe où pour faire disparaître l'arme du crime. »

– Le choc a été mortel. Les bords de la blessure qu'il a au cou montrent qu'elle a été faite *après* le décès. Ce n'est pas une saignée à chaud mais une coupure à froid. On l'a ensuite installé sur le ventre, si bien que le sang s'est écoulé dans la terre. Si on l'avait mis dans l'autre sens, il n'aurait presque pas saigné.

Cette solution différait sensiblement du récit de la sorcière. À la vision d'un fantôme se jetant sur un passant pour le mordre se substituait celle d'un homme lui assenant un coup par-derrière, pour ensuite lui infliger une blessure dont le but n'était pas clair. Avait-on voulu l'achever ? Mais, dans ce cas, pourquoi ne pas le faire à l'aide du bâton, comme on avait commencé ? Pourquoi changer d'arme ? Y avait-il dans ce cas plusieurs agresseurs ? Une explication s'imposa tout à coup au magistrat.

On avait d'abord assommé le bâtisseur Tian de façon à s'assurer de sa personne. Puis on lui avait percé la carotide pour rendre crédible l'attaque d'un mort-vivant assoiffé de fluide vital. Ti était en présence d'un cas dont il n'avait jamais rencontré d'exemple dans sa carrière : un meurtre maquillé de manière à orienter les soupçons vers une créature d'outre-tombe ! À bien y réfléchir, il se demanda si c'était réellement la première fois qu'une affaire pareille se présentait.

Ti émergea du sous-sol plus perplexe qu'il n'y était descendu. Il avait trop négligé son enquête sur les amants foudroyés. S'il voulait empêcher d'autres forfaits d'être perpétrés, il lui fallait comprendre comment les premiers l'avaient été. Il décida de retourner chez les honnêtes marchands de drap pour tirer les choses au clair. Une fois qu'il eut réuni le matériel dont il avait besoin, il s'aperçut qu'il lui fallait un assistant.

Il était à la recherche d'un secrétaire quand il rencontra l'intendant du yamen. Le pauvre homme était outré. Il venait de surprendre le maître du Yi-king à fouiner dans la réserve des vins destinés à la consommation exclusive du magistrat. Il l'avait enfermé dans les communs et s'était hâté de venir le dénoncer à Son Excellence :

– Si je puis me permettre une suggestion, je crois que ce soiffard a besoin d'une bonne correction, noble juge !

Ti imagina immédiatement la punition appropriée. Puisque Xue Xia était sobre et qu'il lui tombait du ciel, il fallait en profiter. Il se le fit amener et lui remit une cage où avait été enfermé un chat errant. Puis les deux hommes se rendirent chez les drapiers. Ils furent reçus par Mme Su, trop éprouvée pour tenir sa boutique.

– J'espère que l'on n'a rien dérangé dans la pièce du meurtre, dit Ti en pénétrant dans la maison.

– Oh, non, noble juge ! répondit la commerçante. J'ai bien trop peur pour y mettre les pieds !

Ti souhaita que tout fût disposé comme lors du double décès. Il ordonna à la matrone de mettre de l'eau à bouillir sur le poêle. Puis il installa la cage au chat sur le coffre où étaient assis les jeunes gens et vérifia que portes et fenêtres étaient bien closes.

Ils allèrent patienter sur un banc, devant la maison d'en face, où Ti se fit servir du thé tandis qu'ils observaient les va-et-vient d'un petit peuple inconscient du drame qui se jouait peut-être à quelques mètres d'eux. Après avoir considéré d'un œil triste le breuvage qu'on avait versé dans son bol, le devin se pencha sur l'oreille de son employeur :

– Les traits de cette marchande de tissus indiquent clairement qu'elle est l'assassin, murmura-t-il. La forte largeur de son front et l'écartement trop étroit de ses yeux sont typiques des meurtriers, si vous voulez mon avis.

Sans quitter la maison des yeux, Ti répondit qu'il le dispensait dorénavant de lui donner son opinion. Ils allaient attendre une demi-heure en sirotant leur thé, et on ne lui servirait rien d'autre à boire durant tout ce temps, quoi qu'il dise. Le devin se renfrogna et entama une longue méditation sur les aléas de la vie de pochard.

La demi-heure écoulée, les deux hommes se levèrent et traversèrent la rue pour pénétrer à nouveau chez les Su. La marchande bondit de sa cuisine pour les accompagner au salon. Toute l'eau de la bouilloire s'était évaporée et les braises rougeoyaient dans le poêle. La cage était toujours posée sur le sofa. Le chat gisait inanimé à l'intérieur. Ti l'en tira pour le palper. Il était mort. Mme Su poussa un cri perçant.

– Le démon est revenu !

– En fait, il n'est jamais parti, dit tout bas le juge.

– C'est ce meuble qui est maudit ! s'écria le devin en contemplant avec horreur les coussins en soie qui recouvraient le coffre.

Le félin ne portait nulle trace de sévices. Cette fois, la cause du décès ne faisait guère de doute : il avait été étouffé. Mais, si l'air de cette pièce était vicié, pourquoi n'en ressentaient-ils aucun effet ? Cela risquait de devenir l'affaire la plus célèbre des annales judiciaires, s'il parvenait à l'expliquer. Dans le cas contraire, elle figurerait plutôt dans les recueils de contes et légendes.

Mme Su était tétanisée par la terreur. Ti ne put que lui recommander d'aller s'installer ailleurs avec le reste de la famille, un conseil qui n'allait pas manquer d'être suivi.

X

Le juge Ti s'allie à un criminel ; un meurtre est commis par un mort.

À défaut de posséder un don de voyance, Ti considérait que le mot-clé, dans son genre de métier, était « prévoyance ». À quoi devait-il s'attendre ? Que lui restait-il comme suspects potentiels pour les prochains meurtres ? Une femme-renarde, un chien céleste, un homme-requin, un estropié monté sur un loup, un dresseur d'aigles et un dragon cracheur de feu. Lequel d'entre eux était le plus à redouter ? Le dragon, sans aucun doute, à cause des risques d'incendie. Qui pouvait dire combien celui-là ferait de victimes en une seule fois ? Ses secrétaires avaient précisé que le *suanni* était d'importation bouddhiste. Il lui fallait un spécialiste de ce genre de choses. Et il savait où en trouver un particulièrement ferré sur ces questions.

Il traversa le yamen jusqu'au sous-sol où l'on enfermait les prisonniers. Au bas d'une volée de marches humides, il rencontra le geôlier, qui s'inclina avant d'ouvrir la grosse porte du couloir aux cellules.

– Mène-moi au mage bouddhiste que je t'ai confié il y a quelques jours, ordonna Ti.

Ils s'enfoncèrent dans un boyau obscur sentant le moisi et la sueur. Les murs suintaient. La pourriture était partout. Les besoins naturels tombaient dans un trou où l'évacuation se faisait mal, ce qui ajoutait à la puanteur générale. Ti n'était pas en poste à Penglai depuis très longtemps, il n'avait encore jamais visité les caves où l'on jetait ceux qu'il condamnait. Séjourner dans cet endroit sordide devait constituer un excellent avant-goût des punitions réservées aux téméraires qui osaient braver les lois impériales. En fait, il se demanda si l'organisation de visites guidées obligatoires n'aurait pas un effet bénéfique sur le respect de l'ordre public. Il éprouvait lui-même une grande répugnance à y poser ses semelles. L'idée d'y coucher avait de quoi ramener n'importe qui dans le droit chemin.

Le geôlier tira le verrou et ouvrit la grille derrière laquelle croupissait le bouddhiste assassin. Ti se posta dans l'encadrement, peu soucieux de pénétrer dans un réduit sans lumière d'où il était impensable de sortir sans s'être maculé de Dieu sait quoi. Il entendit un froissement de tissu. Le prisonnier venait de se jeter sur le sol et lui étreignait les genoux.

– Je savais que Votre Excellence viendrait me chercher ! dit une voix rauque.

« Apparemment, tout le monde connaît l'avenir sauf moi, dans cette ville », se dit le juge en contemplant le bonnet grisâtre du mage en train d'embrasser ses mollets. Le geôlier donna un coup de pied au prisonnier pour lui faire lâcher prise. Ce dernier tomba sur les fesses sans cesser d'égrener l'inter-minable litanie que lui inspirait sa gratitude.

– Ne te méprends pas sur ma visite, dit Ti d'une voix sévère. Tu t'es rendu coupable d'un crime abo-minable en poussant la famille de l'honorable Hu Rujia à le cribler de flèches. Tu devras répondre de parricide devant mon tribunal. Je pense que tu as une idée de la peine qui t'attend ?

Bien qu'on n'y vît pas grand-chose, il eut l'impres-sion que le prévenu faisait « oui » de la tête.

– Il se trouve que j'ai besoin de renseignements sur une bête bien connue des bonzes.

Ti aurait juré qu'une lueur venait de s'allumer dans les yeux de son interlocuteur.

– Je suis aux ordres de Votre Excellence, dit une voix que Ti aurait préférée un peu moins mielleuse.

Cet infâme personnage avait manipulé une famille entière de la façon la plus odieuse. Il convenait de s'en méfier comme d'un scorpion.

Il lui expliqua que la région était menacée par un dragon *suanni*. Il désirait connaître les méfaits dont une telle créature était capable et les moyens de s'en préserver. Le mage reprit à l'instant son ton de char-latan.

– Ah, noble juge ! Si seulement vous aviez eu affaire à un être de moindre importance ! Le *suanni* est un monstre indomptable né dans les montagnes de l'Ouest. Pour l'aborder, il faut une grande expé-rience de la Voie, connaître maints soutras et possé-der un exemplaire de *La Foi du Lotus*, un ouvrage introuvable.

– Épargne-moi tes boniments ! gronda Ti. Je ne suis pas l'une de tes dupes habituelles !

Le bouddhiste répondit avec humilité qu'il en était bien convaincu. Hélas, ces lieux inconfortables se prêtaient mal à la consultation des livres sacrés. Il n'y avait que chez lui qu'il pourrait se livrer aux invocations requises.

Ti réfléchit quelques instants. Il était évident que cet escroc sans moralité tentait de le manipuler pour sortir de sa geôle. D'un autre côté, on avait peu de chances de parvenir à quoi que ce soit en l'y maintenant. Sous bonne garde, il ne risquait pas de s'enfuir. Le mage guettait avec anxiété les traits du magistrat. Quand celui-ci eut pris sa décision, il tomba une nouvelle fois à ses pieds dans un flot de remerciements.

– Votre Excellence ne sera pas déçue par mon travail. Pour lui prouver ma fidélité, je vais d'ores et déjà lui faire une révélation utile. Je sais qu'elle a fait appel à trois personnages qui font commerce de divination.

Le juge nota que ses actions étaient suivies jusqu'au plus profond de ses cachots.

– Il est de mon devoir de la prévenir que l'un d'eux est un *yiren*[1], ajouta le magicien.

« Il ne manquait plus que ça, se dit le juge. J'ai engagé un être surnaturel ! » Le bouddhiste baissa la voix, comme si des oreilles indiscrètes avaient pu les épier à travers l'épaisseur des murs.

1. Littéralement « personne étrange », douée de pouvoirs particuliers.

– Il s'agit du maître du Yi-king. Sa mère était une renarde changée en femme. Si Votre Excellence prend la peine de l'observer attentivement, elle verra que cet individu n'est pas comme tout le monde.

Ti n'avait pas eu besoin de cette mise en garde pour se rendre compte que le devin n'était pas normal, il avait suffi d'un peu de jugeote et d'une fiasque. Il remercia néanmoins le prisonnier de cette information, où il voulait voir un gage de sa bonne volonté.

Ils remontèrent à l'air libre. Lorsqu'ils sortirent dans la cour des gardes, le bouddhiste, aveuglé par la clarté du soleil, dut se cacher la face derrière sa main.

– Je vais te renvoyer chez toi sous la garde d'un sbire, annonça le juge.

– Votre Excellence est trop bonne, répondit le mage en avisant un petit soldat tout rabougri qui approchait.

– Sous la garde de ce sbire-là ! précisa Ti en désignant le chef de sa milice, un gaillard aux épaules larges comme l'encolure d'un bœuf, à la mâchoire de molosse, et dont le crâne était surmonté d'un casque à trois plumets rouges indiquant qu'il avait tué un grand nombre de rebelles durant la « pacification » de la Corée.

Le détenu déglutit péniblement tandis que s'envolaient ses espoirs d'évasion. Le chef des sbires lui passa une corde au cou. Il ne lui restait plus qu'à promettre d'étudier dans les détails les habitudes du dragon *suanni* et à s'en aller chez lui comme un chien tenu en laisse.

Ainsi il avait un *yiren* parmi ses employés, se dit Ti en regardant le magicien s'éloigner en clopinant derrière son garde-chiourme. Il se demanda où étaient ses chers conseillers spéciaux, d'ordinaire si encombrants. Un soupçon lui vint.

Il lui suffit de pousser la porte du gynécée pour voir ses craintes confirmées.

– Qu'est-ce que c'est que cette odeur abominable ? dit-il en entrant dans la vaste salle commune.

Ses trois épouses étaient assises autour d'un brasero où l'on avait plongé deux barres métalliques. Debout près d'elles, le maître du Yi-king en tenait une troisième, dont il appliquait la pointe chauffée au rouge sur une omoplate de bœuf, ce qui produisait une fumée grise malodorante. Ti connaissait cette pratique : les craquelures aléatoires provoquées par le contact du fer rouge formaient des signes où l'on était censé pouvoir lire l'avenir. D'aucuns prétendaient que telle était l'origine des idéogrammes. Ses femmes avaient profité de sa présence entre leurs murs pour s'offrir une séance. Le juge se sentit affreusement déçu :

– Voyons ! Nous avons la culture la plus brillante du monde ! Pourquoi faut-il que des gens aussi éduqués que nous se compromettent dans des stupidités magiques ?

– Parce que ces stupidités font justement partie de notre culture, répliqua sa Première.

Il aurait été encore plus fâché s'il avait su que le devin s'était permis de leur prédire monts et merveilles, notamment à sa Deuxième, qui devait rencontrer sous peu le mari parfait dont elle avait toujours rêvé.

Tandis que son conseiller terminait sa lecture, Ti ne put s'empêcher de lui jeter des regards en coin pour voir s'il présentait des caractéristiques hors du commun. Celui-ci remarqua immédiatement l'intérêt que lui portait le magistrat. Il parut attristé, comme s'il se voyait de nouveau confronté à quelque chose qui l'avait hanté toute sa vie.

– Vous ne devez pas vous en prendre à vos aides, dit madame Première. Ils ont eu une idée merveilleuse pour réconcilier la population avec les démons qui nous envahissent.

Comme on était en pleine fête des enfers, il s'agissait d'habiller des figurants à la manière des dix effigies démoniaques retrouvées dans la tombe et de les faire défiler de par les rues. Ti estima qu'il n'était plus à une absurdité près. Tout était bon à prendre pourvu qu'il pût se consacrer à son enquête. Aussi donna-t-il son accord à cette mascarade, que ses épouses et leur nouvelle idole s'empressèrent de mettre sur pied pour le soir même.

En quittant le gynécée, Ti croisa l'astrologue taoïste qui venait remplacer son compère. Il émit un grognement de contrariété. Le prêtre n'eut pas besoin de faire appel à sa science divinatoire pour sentir le malaise.

– Un mandarin intègre peut difficilement arranger ses affaires de famille, dit-il une fois qu'il eut rejoint ces dames. Le succès d'une famille dépend du destin de son chef.

– C'est ce que j'ai toujours pensé, renchérit dame la Troisième avec un regard entendu vers la porte que leur mari venait d'emprunter.

– Nous n'avons vraiment pas de chance, conclut la Deuxième, toute à la pensée des perfections de son prochain époux.

Ti passa l'heure suivante à superviser les festivités du soir, qu'un crieur s'en alla annoncer en place publique. Vêtu de sa plus belle robe de cérémonie, un brocart de soie émeraude qui avait englouti une grosse partie de ses premiers émoluments, il se rendit au temple du génie tutélaire de la muraille et des fossés. La nuit était tombée. On avait accroché tout autour de l'esplanade et le long des avenues une multitude de lampions arborant des idéogrammes bénéfiques. Il prit place sur un fauteuil installé au milieu d'une estrade. Ses trois conseillers spéciaux, enchantés de leur nouvelle importance, se postèrent de part et d'autre, debout, les mains humblement jointes à hauteur de nombril. Tous les volets du temple avaient été déposés. Les prêtres parurent au milieu des fumées d'encens. Ils transportaient l'effigie de son alter ego, le sous-préfet de l'autre monde. L'idole de bois était pourvue d'un tissu clinquant et d'une barbe noire encore plus longue que la sienne. À présent que la lumière des flambeaux en révélait le moindre détail, Ti nota que la statue était mieux habillée que lui. Les habitants semblaient plus enclins à se cotiser pour le magistrat en bois qu'à payer leurs impôts à celui de chair et d'os. Un habile mécanisme lui faisait hocher la tête à chaque pas et incliner la main droite en manière de bénédiction, lui conférant l'illusion de la vie. « Fort bien, se dit le juge. La prochaine fois qu'on m'ennuiera avec une histoire de contestation cadastrale, je me ferai remplacer par celui-là, ils seront aussi contents. » Des bannières et des gonfalons avaient été dressés entre les escortes d'honneur rassemblées en rangs serrés, tandis que fifres et tambours défilaient en cortège.

À sa suite parurent les dix divinités placées sous sa surveillance. Les trois experts en affaires d'outre-tombe n'avaient pas chômé. Sous leurs directives, les couturiers avaient conçu dix costumes plus étonnants les uns que les autres. On vit d'abord s'avancer le dragon, une structure de papier coloré transportée par cinq hommes cachés dessous qui ondulaient en cadence. Les habitants de Peng-lai poussèrent des cris d'admiration lorsque celui qui portait la tête se mit à cracher du feu.

– Nous avons apporté un grand soin aux détails, expliqua l'astrologue, très content de lui.

L'effet était certainement magnifique. La bête fabuleuse était suivie de la renarde. Le figurant avait été déguisé en belle jeune femme élégamment mise. Celle-ci agitait avec grâce la longue queue de fourrure rousse qui émergeait de son derrière à travers un trou pratiqué dans l'étoffe de sa robe. La femme-phénix était particulièrement superbe, avec son fameux manteau de plumes dont elle ne se départait que pour se baigner. Le démon *bei*, doté de fausses jambes atrophiées, était monté à califourchon sur un mulet affublé d'un masque de loup aux yeux rouge sang. Le maître des aigles, en armure dorée, se déplaçait avec un véritable rapace au bras. Le mort-vivant *jiangshi* amusait les petits enfants en se déplaçant par bonds. Sans doute avait-on engagé un acrobate, car il parvenait à accomplir des cabrioles tout en gardant son allure rigide. Les gamins riaient aux éclats malgré son visage bleu et sa bouche d'où pendait une langue flasque en cuir écarlate.

La population était en liesse. Nul ne songeait à craindre la dizaine de bouffons qui se contorsionnaient en pleine rue. Ti était ravi. Quelque chose fonctionnait enfin selon ses désirs ! Les dix effigies grandeur nature allèrent se promener un peu partout en dansant et en imitant les postures de la créature qu'elles représentaient.

Des banquets se tenaient devant les temples. Des mets variés avaient été disposés sur de longues tables ouvertes à tous. Les trois recrues du magistrat passèrent de l'un à l'autre pour fêter leur triomphe. Conformément à leur dignité, elles se faisaient servir les meilleurs morceaux. Aucune amphore de vin ne semblait de taille à résister au devin du Yiking, qui serait bientôt bon à ramasser par terre. Ti ferma les yeux avec bonhomie sur ce petit écart sans importance.

Il perçut un cri au milieu du tintamarre des tambours et des trompettes. Un rassemblement se forma à l'autre bout de la place. Pressentant qu'un nuage venait de surgir dans le ciel de sa félicité, il sauta de son estrade et fendit la foule.

Au milieu d'un groupe d'une dizaine de personnes en état de choc, il découvrit, allongé sur le sol, un homme d'âge mûr vêtu d'une robe de bonne coupe aux ourlets surpiqués de fil argenté. La victime avait la main droite crispée sur le manche d'un poignard qui dépassait de sa poitrine. Le juge s'accroupit dans l'espoir de recueillir quelques bribes d'information ; le nom de l'agresseur, par exemple, aurait bien arrangé ses affaires. Hélas, tout ce qu'il parvint à entendre fut le râle du moribond qui s'exhala de ses poumons lorsque ceux-ci s'affaissèrent une dernière fois. Ti leva les yeux vers l'attroupement réuni autour de lui.

– L'un de vous a-t-il vu qui a fait ça ?

De nombreuses personnes hochèrent la tête.

– Nous avons tout vu, noble juge, répondit d'une voix émue l'un des badauds, qui semblait au bord de l'évanouissement.

« À la bonne heure », se dit le magistrat. Retrouver le meurtrier allait être chose facile, pour une fois.

– C'est l'homme-requin, reprit le témoin. Il s'est jeté sur lui et lui a plongé un couteau entre les côtes. La colère divine est sur nous !

En voyant tous les autres confirmer à qui mieux mieux ce témoignage ahurissant, Ti songea qu'il s'en serait bien passé, en fin de compte.

– Quelqu'un l'a-t-il poursuivi ? demanda-t-il en parcourant la foule du regard.

La figure d'enterrement de ses interlocuteurs répondit d'elle-même à cette question. Nul n'avait songé à courir après un démon probablement reparti vers la bouche de l'enfer qui l'avait craché. Un tel spectacle avait de quoi couper les jambes des plus courageux.

Le joyeux brouhaha de la fête s'éteignit progressivement, au fur et à mesure que les gens se répétaient l'atroce nouvelle. Les musiciens finirent par s'interrompre à leur tour, et la célébration publique sombra dans un silence de mort. Seuls les lampions indiquaient que des réjouissances s'étaient tenues là quelques instants auparavant, restes pathétiques d'une gaieté envolée.

Lorsqu'il se releva, Ti vit la chamane et l'astrologue contempler le cadavre avec autant d'horreur que s'ils avaient vu l'Empereur Jaune[1] leur clamer leur médiocrité. Il sentit la colère monter en lui.

– Belle idée ! leur lança-t-il. Grâce à vous, tout le monde a vu un être maléfique poignarder un innocent en pleine rue ! Rentrez tout de suite au yamen ! Et emportez votre camarade, il fait honte à votre profession ! ajouta-t-il en donnant un coup de pied rageur dans la masse informe du devin avachi près des tonneaux.

S'il était furieux, c'était surtout de voir la situation lui échapper totalement. Ce nouveau meurtre ne ressemblait guère aux précédents. Il avait été commis en pleine rue, devant une foule de gens, et l'arme du crime avait été abandonnée sur place. La seule chose qui le rapprochait des autres, hormis la tentative pour le faire endosser par une quelconque divinité sanguinaire, c'était la préméditation.

Il donna l'ordre de conserver précieusement le poignard et de prévenir le vérificateur des décès.

1. Empereur mythologique considéré comme le père de la civilisation chinoise.

Celui-ci arriva bientôt. Il portait autour du cou l'ample serviette avec laquelle il protégeait sa robe pendant le dîner.

— Je suis flatté que Votre Excellence fasse de nouveau appel à mes services, dit-il en considérant le cadavre étendu par terre. Lorsque j'ai accepté d'assister le tribunal, je ne me doutais pas qu'il se produirait une inflation de meurtres sous votre ministère. J'aimerais bien renégocier mes modestes émoluments, si vous le permettez.

Ti fit celui qui n'avait pas entendu et lui demanda s'il connaissait la victime. En tant que médecin, il connaissait à peu près tous ceux qui pouvaient s'offrir ses services. En l'occurrence, le mort était un usurier qui avait pignon sur rue. Ti haussa le sourcil. Il se tourna vers l'un de ses secrétaires :

— Il est descendu avec moi dans le tombeau maudit, celui-là ?

— Je ne pense pas, noble juge, répondit son employé.

Ti ne parvenait pas à définir si c'était ou non une bonne nouvelle. Si les meurtres touchaient désormais n'importe qui, cela voulait dire que la malédiction battait de l'aile. D'un autre côté, si tout le monde était à présent menacé, ça allait être la panique à Peng-lai. Le seul à se sentir rassuré serait le gouverneur : cet homme était mort à sa place, en quelque sorte.

— Il avait beaucoup d'ennemis, cet usurier ?

— Comme d'habitude les usuriers, noble juge, répondit le médecin. Ce n'était certes pas le citoyen le plus populaire de notre ville. Mais cette profession est utile, les gens se contentent en général de les mépriser. Si on les tuait tous, il n'y aurait plus nulle part où se procurer de l'argent.

Le déguisement d'homme-requin n'avait pas assailli tout seul sa victime. Le prêtre du *chenghuan-gye* se fit apporter le registre où les noms des figurants avaient été consignés : leur participation au défilé étant bénévole, elle devait être signalée par écrit au juge de l'au-delà afin qu'il la compte au nombre de leurs bonnes actions.

– Il s'agit d'un certain Xiao Tong, noble juge, lut le prêtre.

– Quelqu'un sait-il où loge le nommé Xiao Tong ? clama Ti à la ronde, soucieux de ne pas perdre une seconde.

Plusieurs personnes levèrent la main. Il prit la tête d'un petit détachement de sbires et se fit conduire chez le suspect, bien décidé à lui montrer ce qu'il advenait à ceux qui osaient défier leur sous-préfet en plein milieu de festivités officielles. Son guide s'arrêta devant une boutique aux volets clos qui ne payait pas de mine. Alors que l'un des sbires frappait des coups violents contre la porte, Ti se dit qu'il était stupide : jamais ce Xiao ne serait tranquillement rentré chez lui après avoir perpétré son forfait. Tout ce remue-ménage permettrait au moins d'informer la population qu'un être de chair et de sang avait commis le meurtre, et non un esprit ou une bête fantastique.

À sa grande surprise, la porte ne tarda pas à s'ouvrir. Une femme habillée pour la nuit, les cheveux serrés dans un chignon étroit, leur ouvrit en

bâillant. Elle avait enfilé à la hâte les premiers souliers qu'elle avait trouvés, d'épaisses bottes de cuir.
Lorsqu'elle aperçut le magistrat en grande tenue sur
le pas de sa porte, l'air furibond, elle se prosterna.

– Nous sommes venus arrêter ton mari, Xiao
Tong ! déclara l'un des sbires tandis que ses cama-
rades investissaient l'humble logement.

La femme semblait trop émue pour prononcer une
parole. Ils retournèrent toute la maison et revinrent
avertir le juge qu'il n'y avait personne.

– Où est-il ? rugit ce dernier. Ne nous mens pas !
Il s'est rendu coupable d'une injure impardonnable
envers la dignité dont je suis revêtu. Tant que nous
n'aurons pas mis la main sur lui, c'est toi qui répon-
dras du crime dont il est accusé !

La boutiquière se mit à sangloter. Elle leva sur
le magistrat des yeux ahuris.

– Mon époux est très facile à trouver, noble juge.
Il est dans le petit bois près de la porte du sud.

Ti s'apprêtait à y traîner la pauvre femme lorsqu'un sbire s'approcha :

– Ce petit bois, c'est là qu'est le cimetière…

Le magistrat se tourna vers la femme, une horrible appréhension peinte sur ses traits.

– Il est mort depuis un an, noble juge, expliqua-
t-elle. Il repose sous un petit tumulus. Mes moyens
ne m'ont hélas pas permis de mieux honorer sa
mémoire. Mais je m'y rends chaque fois que je
peux. Je jure à Votre Excellence que j'observe le
deuil avec la plus parfaite constance, il n'y a rien
à me reprocher !

Ti crut que sa tête allait exploser. Le meurtre de ce soir n'avait pas été perpétré par un homme-requin, il l'avait été par un défunt sorti de sa tombe ! Il se demanda quand il atteindrait enfin le sommet de cette calamité. Il y avait bien une malédiction attachée à ce tombeau, et c'était sur lui, pauvre enquêteur, qu'elle pesait de tout son poids.

XI

Un dragon se substitue au bras armé de la jus-
tice ; le juge Ti démonte les arcanes d'une transac-
tion entre menteurs.

Ti avait passé une fort mauvaise nuit, à l'instar de
la plupart de ses concitoyens. Incapable de trouver
le sommeil, il s'était d'abord demandé si l'exhibition
de ses trois conseillers spéciaux, en place publique,
sous une pancarte proclamant « Nous sommes des
déchets putrides de la société » calmerait d'autres
nerfs que les siens. Il avait ensuite occupé ses insom-
nies à réfléchir sur l'avalanche de catastrophes dont
l'accablait le mauvais sort.

Un serviteur entra avec un plateau où reposait sa
collation matinale. Le majordome qui pénétra dans
la chambre à sa suite avait une figure un peu trop
radieuse.

– Bonne nouvelle, seigneur juge ! Les statuettes
que nous cherchions ont été localisées !

Ti bondit hors de son lit.

– À la bonne heure ! Où sont-elles ?

– En vente au marché noir.

Les indicateurs de police payés par le tribunal pour espionner la population avaient rapporté la mise aux enchères des six statuettes que le sous-préfet n'avait pas encore pu récupérer. La cote de l'homme-requin était particulièrement haute : chacun avait pu assister en place publique aux exploits dont il était capable. L'information plongea Ti dans la perplexité.

– Est-ce à dire que les gens désirent les acquérir dans l'espoir qu'elles commettront des meurtres à leur place ?

Le majordome afficha l'expression d'un serviteur qui rechigne à contredire son maître. Ti n'était pas complètement réveillé. Lorsqu'il eut bu sa première tasse de thé rouge, une explication plus prosaïque lui vint à l'esprit. Ces figurines étaient des talismans qui détournaient des assassins les fureurs de la justice. Quiconque en laissait une près de sa victime était sûr de voir accuser une déité maléfique. Tous les mauvais esprits n'étaient pas en terre cuite : certains habitants de cette ville nourrissaient le projet d'estourbir leurs semblables en toute impunité ! Certes, la naïveté de ces meurtriers en puissance paraissait désarmante ; mais Ti n'avait-il pas pataugé dans ces enquêtes au point d'accréditer la présence des fantômes ?

La pègre locale avait sauté sur l'occasion. Elle avait récupéré les figurines et les proposait au plus offrant. Ti se retrouvait enfin en terrain connu. Il aimait mieux s'opposer aux malfrats qu'aux âmes affamées. Restait à mettre fin à ce trafic. Chaque statuette vendue, c'était un meurtre de plus en perspective. Bien sûr, le tribunal pouvait se porter acquéreur en sous-main. Il répugnait cependant au juge de dépenser l'argent public pour engraisser la lie de Peng-lai.

L'embêtant, c'était que les meurtres avaient bien l'air d'avoir été commis selon cette logique. Depuis quand les effigies démoniaques étaient-elles en vente ? Il fallait mettre la main sur le vendeur pour lui faire dire de qui il les tenait. Quand ils auraient remonté la piste, ils sauraient qui avait cambriolé la prison et tué le vieux gardien Mao.

Le juge avait beau pousser très loin la conscience professionnelle, il ne pouvait décemment pas se commettre dans les bas-fonds. La plupart de ses collègues ne se donnaient même pas la peine d'enquêter hors de leur tribunal. Il aurait l'air d'un monte-en-l'air et cela indisposerait ses supérieurs. Il connaissait heureusement trois personnes tout à fait disponibles qui seraient enchantées de faire oublier leurs bévues récentes.

Quelques instants plus tard, ses conseillers en affaires d'outre-tombe se tenaient devant lui, penauds, les yeux baissés. Il les chargea d'aller récupérer les céramiques chez les bandits. Le maître du Yi-king fut le premier à réagir :

– Puis-je demander de quelles sommes Votre Excellence a prévu de nous doter pour cet achat ?

Ti caressait d'un geste machinal sa belle barbe noire en imaginant le tableau apaisant de ces trois incapables, le cou coincé dans un carcan, à l'entrée de son tribunal.

– J'ai décidé de vous accorder le trésor le plus précieux en ce monde, répondit-il : la vie, si vous réussissez. Bien sûr, si vous échouez, je serai moins clément.

Le taoïste poussa un soupir empreint de fatalisme :

– Qu'on embarque sur un navire ou qu'on chevauche au galop, on dépend pour trois dixièmes du destin.

– Et de moi pour les sept autres dixièmes, rétorqua le juge, alors faites attention à ne pas commettre un nouvel impair.

Quand ils se furent retirés, Ti songea qu'il y avait un moyen de supprimer tout intérêt pour ces statuettes : c'était de traîner en justice ceux qui avaient cru couvrir leurs forfaits en s'abritant derrière la superstition. Il avait donc cinq meurtres à résoudre au plus vite s'il voulait empêcher ceux à venir.

Il se rappela que le mage bouddhiste n'avait pas donné de nouvelles depuis la veille. Il l'avait tiré de sa geôle pour recevoir son aide, pas pour des vacances. Comme il ressentait le besoin de se dégourdir les jambes après ces derniers retournements, il fit préparer une chaise à porteurs et se rendit en personne chez le condamné pour voir où il en était.

À deux pâtés de maisons de sa destination, il commença à sentir une forte odeur de brûlé. La rue du mage était noyée dans une épaisse fumée. Les porteurs s'y engagèrent à contrecœur lorsque Ti leur en intima l'ordre. Ils s'arrêtèrent devant une maison basse dont les fenêtres étaient pleines de flammes. Le chef de ses sbires, ce colosse qu'il avait affecté à la garde du magicien, jeta sous ses yeux un ridicule seau d'eau sur le feu, qu'il contempla ensuite d'un air stupide. Ti ordonna à ses serviteurs d'aider à contenir l'incendie et s'extirpa seul de sa chaise. Les traits de son sbire se figèrent en une expression de terreur. Le géant se jeta à ses pieds.

– Où est mon spécialiste des démons bouddhiques ? demanda Ti, l'œil noir et le sourcil froncé.

Incapable de prononcer un mot, la bouche tremblante, le garde désigna le brasier d'un geste craintif. Quand le magistrat lui eut demandé comment il se faisait qu'un individu qu'il était chargé de surveiller avait fini grillé dans la destruction de sa maison, le sbire tomba à plat ventre pour implorer sa clémence :

– Ce malandrin était un habile sorcier ! Il a usé de sa magie pour endormir ma méfiance !

Ti songea qu'il n'était sûrement nul besoin de magie pour endormir l'intelligence de cette brute. La violence dont ces gaillards étaient capables avait son utilité dans le maintien de l'ordre, mais elle trouvait bientôt ses limites quand ils étaient confrontés à des personnages fins et malins. Le bouddhiste l'avait envoyé acheter un ingrédient dont il avait besoin, disait-il, pour neutraliser le *suanni*. Il lui avait remis un bouddha d'ivoire sans lequel il prétendait ne pas pouvoir s'enfuir, et lui avait confié la clé de sa demeure, que le sbire avait tournée deux fois dans la serrure avant de partir.

– Quand je suis revenu, le feu avait déjà pris. Ce diable devait avoir une autre clé, car j'ai vu une femme sortir en hâte. Je n'ai pas pu courir après elle, je n'ai songé qu'à éteindre l'incendie. Je me suis même brûlé à la main, dit-il en montrant une minuscule trace rouge sur son poignet.

– J'espère pour toi que son corps est dans les décombres. S'il apparaît que ton prisonnier s'est échappé, c'est ta tête qui tombera au lieu de la sienne pour la consolation de ceux qu'il a lésés.

Porteurs, voisins et gardes furent incapables d'éteindre les flammes. Tout juste parvinrent-ils à empêcher l'incendie de gagner les bâtiments attenants. Une heure durant, Ti regarda la bâtisse se consumer. Quand les cendres eurent assez refroidi pour qu'on puisse fouiller les ruines, les sbires chargés d'ôter les débris noirâtres avertirent leur maître qu'il y avait un corps calciné à l'intérieur. Ti grimpa sur le tas de poutres effondrées afin d'aller voir à quoi il ressemblait.

Évidemment, vu son état, il était difficile de dire s'il s'agissait de l'occupant des lieux. Ti avait cependant du mal à croire que ce dernier, après avoir écarté l'imbécile attaché à ses basques, avait eu le temps d'assommer un remplaçant et d'organiser cette catastrophe. Il pouvait s'agir d'un suicide par immolation, bien que le magistrat n'eût encore jamais rencontré un tel cas. Ce n'était sûrement pas la manière la plus douce de mettre fin à ses jours. Il imagina avec horreur les derniers instants du malheureux. Évidemment, comparé à ce qu'un bourreau envoyé par le gouverneur pouvait faire subir à un condamné, la brûlure et l'asphyxie devaient avoir quelque chose de furieusement attirant.

L'un des nettoyeurs cria qu'il avait trouvé quelque chose. Il se baissa pour ramasser un objet couvert de cendres que l'on présenta respectueusement au magistrat. Ti reconnut tout de suite la figurine du dragon *suanni*, l'animal cracheur de feu du bestiaire bouddhique. Il eut malgré lui une vision du mage brûlé vif par le souffle capricant du monstre. Il avait eu raison de se méfier de cette bête fabuleuse : elle avait effectivement frappé, et sa victime n'était autre que l'homme chargé de les en préserver !

Un curieux qui avait suivi ces événements d'un œil attentif, dissimulé dans une encoignure à quelques pas de là, s'en fut en toute hâte prévenir ses comparses :

– Le bouddhiste est mort ! annonça le devin. Sa maison a brûlé ! Il y avait une statuette près du cadavre !

Il tira de sa manche une fiasque que la chamane lui arracha pour y boire elle-même une grande rasade d'alcool. Elle passa une main fébrile sur son front moite.

– Le sous-préfet va être d'une humeur exécrable. Il sera sans pitié. Nous avons intérêt à lui rapporter les autres, ou bien nous connaîtrons la caresse de la hache.

Cela faisait plusieurs heures qu'ils étaient chez elle, à tâcher de mettre au point le stratagème qui leur permettrait de berner les voleurs. L'astrologue restait d'une impassibilité insupportable :

– Le mandarin ne répare pas le tribunal, le voyageur ne répare pas l'auberge, déclara-t-il sur ce ton sentencieux qui donnait envie de l'étrangler.

Certes, les juges changeaient d'affectation tous les trois ans et ne pouvaient mener à bien des projets de longue haleine. Ti n'aurait cependant pas besoin de trois années pour les condamner à expier leur incompétence en place publique. La sorcière et le devin n'avaient pas cette fois inébranlable dans le Tao pour se soutenir. Moins sereins que leur collègue, ils luttaient contre d'horribles pressentiments peuplés de carcans et de couteaux effilés.

L'angoisse leur avait suggéré une idée. La ville grouillait de gamins plus ou moins livrés à eux-mêmes qui traînaient dans les marchés, devant les temples, partout où les gens se rencontraient. Ils leur avaient distribué une petite part de leurs émoluments, les avaient chargés de faire savoir qu'un couple de marchands aisés cherchait à acquérir l'une des statuettes, de préférence la moins chère du lot, et avaient promis une belle prime à celui qui les mettrait en contact avec les vendeurs.

L'un de leurs petits émissaires, la figure épanouie et le souffle court, vint les prévenir qu'un de ses amis l'avait fait entrer en relation avec une connaissance qui avait transmis le message à qui de droit, et qu'on leur donnait rendez-vous dans un lieu discret pour la transaction.

Le devin remercia intérieurement les forces de l'univers, l'astrologue se dit que Lao Tseu avait étendu sur lui sa protection, et il fallut empêcher la chamane de se lancer dans une danse en l'honneur des esprits de la forêt.

Le maître du Yi-king tira d'un sac de toile l'habit sobre mais digne qu'il avait préparé pour se donner l'apparence d'un simple commerçant. La chamane passa derrière un paravent. Lorsqu'elle reparut, elle était méconnaissable. Sans ses oripeaux et colifichets habituels, elle avait l'air humaine, féminine, presque jolie. Elle semblait pourtant mal à l'aise.

– Je suis boudinée dans cette tenue vulgaire, dit-elle en ajustant la robe à grosses fleurs roses qu'elle avait dû emprunter à une voisine en échange de prédictions favorables qui ne se réaliseraient pas.

Adopter l'allure de négociants était certainement la partie la plus difficile de leur plan. L'astrologue lui-même avait repêché au fond de son coffre à habits la vieille tenue de drap bleu sans ornements qu'il portait à l'époque de ses études religieuses. Il devait jouer le rôle d'un parent qui les accompagnait pour juguler le pouvoir du démon de céramique le temps qu'ils s'en servent.

Ils avaient mis leurs fonds en commun pour le paiement : trois gros sacs de riz généralement utilisés par le petit peuple en l'absence de métal précieux.

– Nous voilà parés, je crois, dit le devin.

– Il dépend de l'homme de faire des plans, il dépend du ciel de les accomplir, répondit l'astrologue.

Puisque tout le monde était d'accord, ils allumèrent une lanterne, chargèrent les sacs sur leurs épaules et suivirent le gamin jusqu'au lieu du rendez-vous. Comme ils quittaient le quartier, un crieur annonça l'heure du cochon[1]. Ils regardèrent d'un œil anxieux le soleil disparaître peu à peu au-delà des toits de la cité portuaire. Lorsqu'ils parvinrent là où devait se

1. De 21 heures à 23 heures.

171

tenir l'entrevue, il faisait complètement noir et leur confiance en eux s'était tout à fait évanouie.

– Le jour, ne parlez pas des hommes ; la nuit, ne parlez pas des spectres, dit le taoïste.

– Oui, ça les fait venir, commenta le devin avec un frisson.

Il aurait bien bu de son vin pour se donner du courage. Sa fiasque était aux mains de la chamane, qui l'avait coincée contre sa poitrine, et il ne se sentait pas le courage d'aller la chercher là.

Ils se tenaient devant un grenier abandonné, coincé entre l'échoppe d'un barbier et un fournil fermé. L'endroit devait servir à entreposer la farine lors des grosses livraisons. Comme ce n'était pas l'époque, il était vide.

Ils y étaient depuis quelques minutes lorsque se produisit un tintamarre. Ils reconnurent le bruit de plusieurs paires de sandales qui foulaient le plancher en bois de l'étage en mezzanine, au-dessus de leurs têtes. Des silhouettes apparurent derrière le parapet. Ils comptèrent au moins deux grands minces, un gros et un plus petit, sans compter ceux qui pouvaient se tenir en retrait.

– Ainsi, vous vous intéressez aux spectres ? leur lança une voix de stentor tout à fait lugubre.

« Plutôt, oui », pensèrent en même temps les trois visiteurs. La faible lueur de la lanterne projetait autour d'eux des ombres sinistres. L'enfant, jusque-là curieux d'assister à l'entretien, s'enfuit sans demander son reste à la vue des forbans qui les jaugeaient depuis leur perchoir. Comme le devin semblait paralysé par la frayeur, la chamane prit les choses en main. Elle expliqua qu'ils étaient à la recherche d'un moyen sûr pour se défaire d'un concurrent indélicat ; l'idée de s'adjoindre une divinité à l'efficacité éprouvée les avait séduits. Ils étaient prêts à y mettre le prix.

— Dans la mesure du raisonnable, précisa l'astrologue.

— Vous avez frappé à la bonne porte, grogna une autre voix tout aussi caverneuse.

— Pas trop chère, de préférence ! dit la chamane, qui n'avait pas envie de voir cette transaction engloutir ses économies.

— À mon avis, répondit une troisième voix, c'est une erreur que de rabioter avec la mort des autres. Mais c'est vous qui voyez. Je ne vous propose pas l'homme-requin : sa cote est montée très haut depuis qu'il a commis un meurtre en pleine rue devant témoins. J'ai encore le maître des aigles. Son utilisation suppose qu'on se procure un rapace, ce qui n'est certes pas donné à tout le monde. Peut-être préférerez-vous le démon *bei* monté sur son loup ?

— Et comment penses-tu que nous dégoterons un loup ? s'écria le devin sur le ton de quelqu'un qu'on essaye de gruger.

Son « épouse » lui donna un coup de coude dans les côtes pour lui rappeler que l'utilisation de la statuette était la dernière de leurs préoccupations. Ils étaient là pour sauver leur tête, non pour mettre à prix celle des autres.

— Nous avions pensé à un dragon, par exemple, dit le taoïste, avec un clin d'œil en direction de ses comparses.

L'une des voix répondit qu'ils venaient malheureusement de céder le leur à une autre cliente. Mais il leur restait les autres divinités. Une corde glissa vers eux depuis le parapet. Une figurine était ficelée à l'extrémité. Elle s'immobilisa au-dessus de leurs têtes, hors d'atteinte. C'était un *t'ien-kou*, le chien céleste, sorte de lutin ailé doté d'un très long nez.

– C'est quatre boisseaux de riz, dit la voix.

Tandis que ses comparses réfléchissaient au moyen de faire baisser le tarif, l'astrologue s'efforça de déstabiliser leurs interlocuteurs.

– Vous êtes bien téméraires de conserver parmi vous une telle déité. Vous n'ignorez sans doute pas que les *t'ien-kou* ont le don de pousser les gens à se battre entre eux. Ils sèment la discorde partout où ils passent. Par ailleurs, ils sont experts dans le maniement des armes et leurs dents peuvent couper un sabre. Je n'aimerais pas avoir ça chez moi, et je sais de quoi je parle.

Un bruit de conversation étouffée leur parvint. Cela discutait sec, là-haut. Sans doute un peu intimidés par ce discours, les voleurs leur consentirent un petit rabais afin de se défaire au plus vite d'une créature si néfaste. Les clients attachèrent leurs sacs de riz à un autre câble et les regardèrent s'élever avec lenteur. Le *t'ien-kou* restait suspendu à mi-chemin. Il y eut un moment de flottement tandis que ses propriétaires examinaient la somme. Une exclamation retentit subitement :

– Ce riz est pourri !

La statuette remonta aussitôt, au grand désespoir de l'astrologue, qui sauta en l'air, mais ne parvint qu'à l'effleurer. Il y eut un bruit de course tandis que les silhouettes du parapet disparaissaient. Le devin, le plus agile des trois, avait remarqué une échelle étendue sur le sol. Il la redressa et se rua sur les échelons. Lorsqu'il fut en haut, il découvrit que l'étage était vide. C'était à croire qu'il n'y avait jamais eu personne et qu'ils s'étaient adressés à des ombres auxquelles un instant avait suffi pour se dissoudre dans l'air.

– Où sont-ils passés ? s'écria-t-il. C'est de la sorcellerie !

Le mot, dans sa bouche, prenait une force particulière. Une fois qu'ils l'eurent rejoint, ses acolytes ne purent que constater qu'il avait dit vrai. Ils piétinaient des outils renversés sur le plancher au milieu de sacs à farine vides. Le prêtre se pencha pour ramasser de longues feuilles de papier froissées. Elles étaient recouvertes de formules administratives. Leur présence était incongrue dans un entrepôt que les mandarins ne devaient guère fréquenter. Dans un angle gisaient les paquets de riz, que les bandits n'avaient pu emporter dans leur fuite.

– Au moins, j'ai sauvé le principal ! dit le devin avec satisfaction.

L'un de leurs sacs était grand ouvert. Il n'était pas nécessaire d'examiner longtemps son contenu pour voir qu'il était rempli de graines avariées, d'une couleur brunâtre, bonnes pour les ordures. Le plus radin d'entre eux avait failli les faire tuer en tentant d'écouler du riz fermenté. Ils échangèrent des coups d'œil gênés. Lequel des trois avait-il agi de façon aussi inconsidérée ? L'astrologue était sûrement trop avare pour dilapider son bel argent. Le devin avait besoin de toutes ses ressources pour s'enivrer, l'alcoolisme ne poussait pas à faire des économies. Quant à la chamane, elle manquait de tout, son commerce de prédictions néfastes ne marchant que sur une patte. Le maître du Yi-king fut pris d'un terrible doute. Il ouvrit les deux autres sacs : eux aussi contenaient du riz avarié ! Si seul l'un des trois avait triché, cela aurait pu passer inaperçu. Pour leur perte, ils s'étaient montrés plus mesquins les uns que les autres.

– Nous avons creusé notre tombe, conclut-il en contemplant les graines incomestibles.

– Jamais je n'aurais dû m'allier à des vauriens tels que vous ! explosa la chamane en les désignant d'un doigt rageur.

– Qui approche le poisson séché empeste, rétorqua le taoïste avec un reniflement de mépris.

Il ne leur restait plus qu'à retourner chez la devineresse pour se changer, ce qu'ils firent sans prononcer une parole. L'antre rempli d'animaux empaillés était plus sinistre que jamais. La lumière de la lampe dotait les bestioles d'un semblant de vie. On aurait dit des charognards guettant trois moribonds sur le point de rendre le dernier souffle.

– Nous n'avons plus qu'à implorer le pardon du sous-préfet, dit le devin. Croyez-vous qu'il se montrera clément ?

Ils échangèrent un regard désabusé et se jetèrent d'un même mouvement sur leurs vêtements, bien résolus à fuir la région au plus vite.

Un froissement de tissu attira leur attention vers le fond de la pièce. Ils se figèrent, en proie à une horrible appréhension. Une longue forme noire se dressait dans l'obscurité. Leur première pensée fut que l'Empereur Jaune, roi des cieux, était finalement venu les tancer pour leur bêtise. La silhouette fit un pas en avant. Ce n'était pas le maître du Ciel, mais la raison de sa présence restait la même.

– Je suppose que vous étiez sur le point de vous rendre au yamen pour me faire votre rapport ? dit le juge Ti, fixant sur eux un œil sévère.

– Absolument, noble juge, répondit l'astrologue en s'inclinant bien bas. Nous venons de risquer notre vie à votre service. Nous nous apprêtions à endosser des tenues décentes pour vous exposer nos exploits.

Ils relatèrent leurs « exploits » en tâchant de donner à tout cela un tour positif, ce qui ne fut pas facile. Le magistrat les écouta sans dire un mot. Il apprécia particulièrement le passage où le maître du Yi-king mettait en fuite une bande de forbans à la force de ses poings. Lorsqu'ils s'interrompirent, assez anxieux, Ti caressait sa longue barbe d'un air pensif.

– Donc, vous avez tout raté, conclut-il.

Le héros aux poings d'acier se jeta au sol pour agripper le bas de la robe couleur d'émeraude du magistrat.

– Je ne suis pour rien dans ce misérable ratage ! Ce sont eux qui ont tout gâché !

Ti fit un geste d'apaisement pour mettre un terme à ces jérémiades. Il y avait quand même quelques informations précieuses à retirer de leur désastreuse entreprise.

Il se fit conduire sur les lieux par ses trois conseillers, dont la fébrilité ne devait pas grand-chose à la fraîcheur nocturne. Tandis qu'ils l'attendaient au rez-de-chaussée du grenier à farine en se disputant à mi-voix, il emprunta l'échelle pour monter à l'étage. La première chose qu'il remarqua fut les trois sacs de riz pourri. Il leva les yeux au ciel.

Une voix puissante fit sursauter les trois compères :

– Vous êtes des sots qui ne méritez pas l'indulgence de votre magistrat ! clama le bandit à qui ils avaient tenté d'acheter le *t'ien-kou* une heure plus tôt.

Les silhouettes des voleurs étaient revenues le long du parapet. L'idée que le juge avait été fait prisonnier emplit les magiciens d'effroi. Ils s'apprêtaient à courir chercher de l'aide lorsque Ti se montra en haut de l'échelle. Il tenait à la main un long cornet de papier.

– Je vois que le principal vous a échappé. D'abord, vos malfrats n'étaient pas en bande : il n'y avait qu'un seul homme, qui s'est efforcé de vous faire croire à la présence d'un groupe.

– Mais, noble juge, nous les avons vus et entendus… se défendit la chamane.

– Vous avez entendu des bruits de souliers, il n'y a rien de plus facile à reproduire. Il suffit de racler le plancher avec des outils, par exemple. Les silhouettes n'étaient que des sacs posés sur ces mêmes outils. Pour la voix, c'est encore plus simple. Vous avez trouvé de vieilles feuilles de papier piétinées. Votre homme aura parlé dans des cornets de différentes tailles. Je le fais de temps en temps pour amuser mes enfants. Avant de disparaître, il a renversé son installation, et voilà tout !

Ils se sentirent stupides et influençables, ce qui, dans leur métier, constituait une faute professionnelle.

– Ce que j'aimerais savoir, en revanche, c'est comment il s'est éclipsé si vite. Au reste, ce ruffian vous a donné malgré lui des indications intéressantes. Le bavardage et la vantardise sont les pires ennemis des escrocs à la petite semaine.

Ils le contemplèrent bouche bée.

– Votre interlocuteur vous a proposé à peu près toutes les statuettes manquantes, ce qui signifie qu'elles ne sont pas en vadrouille à travers notre chère cité. Je vais pouvoir souffler un peu. Nous savons en outre que le dragon a été vendu récemment à une femme.

En vérité, cela ne l'avançait guère. Il n'y avait que des veuves, dans cette affaire. Celle du sbire Mao, celle de l'antiquaire à la maison hantée, celle du bâtisseur tué par un mort-vivant, celle de l'homme-requin échappé du cimetière… Cela faisait quatre, sans compter les mères des fiancés foudroyés !

Une lucarne s'ouvrait dans la façade arrière du bâtiment. Ti y passa les épaules pour voir sur quoi elle donnait. Lorsque sa figure réapparut, elle s'ornait d'un sourire de victoire. Il savait comment l'affabulateur s'était enfui, et avait une idée très précise de son identité.

– Je ne vais peut-être pas vous faire exécuter tout de suite, après tout, annonça-t-il.

Il avait eu raison de les bousculer. La peur qu'il leur inspirait les avait jetés dans des initiatives pleines d'enseignement.

Tandis qu'ils rentraient au yamen, Ti, qui marchait trois pas devant eux, s'arrêta pour les laisser remonter à sa hauteur. Il était curieux de connaître la raison pour laquelle l'astrologue ne s'exprimait que par sentences. Ce dernier rougit comme une jeune fille à qui l'on parle de fiançailles.

– Serait-ce la conséquence d'un vœu ? s'enquit le juge.

Le prêtre avoua qu'il souhaitait devenir un grand maître du yin et du yang. Il convoitait la célébrité des philosophes de sa religion, dont les formules pleines de sagesse étaient universellement répétées et retranscrites. Ti se dit que le niveau des siennes permettrait au moins de fabriquer une espèce de petit livre à l'usage des amateurs de phrases toutes faites. Chacun cherchait sa pérennité où il pouvait.

Ils atteignirent bientôt le portail du yamen, que les gardes ouvrirent à deux battants pour leur magistrat.

– Allez ! Au travail ! dit-il en franchissant le seuil. Nous allons faire un ravage chez les veuves !

XII

*Le juge Ti élucide un meurtre diabolique ; il met
fin aux exactions d'un ustensile ménager.*

Ti se garda bien de reporter l'audience du lendemain matin : il importait de rassurer la population afin
qu'aucun mouvement de panique ne vienne contrarier le dénouement qu'il entrevoyait enfin. Ses trois
conseillers l'attendaient dans le cabinet attenant au
tribunal. L'atmosphère était envahie d'une fumée
pestilentielle. Le devin et l'astrologue semblaient sur
le point de tourner de l'œil. Ti avisa la chamane,
occupée à prononcer des incantations en faveur de la
réussite de leurs entreprises, face à un autel portatif
où des cônes grisâtres se consumaient lentement.

– Fichez-moi le camp avec votre encens qui pue !
s'écria-t-il en déployant un éventail dont il se mit
à battre l'air avec frénésie.

– Ce n'est pas de l'encens, noble juge, lui souffla
un astrologue au teint jaune : c'est de l'os humain
réduit en poudre.

L'ampleur de la tâche qu'il s'était assignée ne
frappa le magistrat qu'au moment où il écarta le

rideau pour apparaître sur l'estrade. Jamais il n'avait vu cette salle aussi pleine de monde. Les gens faisaient la queue jusque dans la cour pour lui signaler les innombrables désordres causés par des fantômes errants. Il semblait cette année que l'armée des ombres déferlait sur eux. C'était bien la chance du juge Ti, qui avait toujours mis un point d'honneur à respecter les principes matérialistes du maître Confucius.

Après la troisième histoire d'ensorcellement ou de puits maudit, Ti déclara que ses secrétaires passeraient la journée à enregistrer les doléances et les témoignages. Il fit signe aux sbires de lui amener les témoins qu'il avait convoqués. Ses hommes écartèrent la foule sans ménagement afin de livrer passage à la veuve Mao, qui vint s'agenouiller devant la table de justice.

– Je vous ai fait venir pour vous rendre compte des derniers développements quant au meurtre de votre cher époux, notre bon sbire Mao, attaché à ce tribunal.

Mme Mao, à qui le deuil seyait plutôt bien, garda les yeux humblement baissés vers le dallage pour répondre d'une voix douce.

– Je remercie Votre Excellence d'avoir pris la peine de s'intéresser au sort de mon mari. Je profite de l'occasion pour lui rappeler que cette disparition jette une malheureuse veuve dans l'affliction et le dénuement.

Ti nota que la « malheureuse veuve » gardait la tête froide : elle n'avait pas perdu de temps pour négocier la mort du cher disparu.

– Oh, mais j'ai fait plus que m'y intéresser, répondit-il. J'ai découvert qui l'avait tué !

Mme Mao leva sur lui des yeux où se peignait le plus vif étonnement.

– Voici l'assassin de votre mari ! reprit-il en désignant l'autre bout de la salle d'un geste magistral.

Tous les regards se tournèrent vers l'endroit qu'il montrait du bout de son éventail. Ceux qui ne pouvaient se sentir concernés par cette accusation reculèrent d'un pas, si bien qu'un homme se trouva bientôt seul au milieu d'un cercle de gens. Les sbires se frayèrent un chemin jusqu'à lui et le traînèrent, encore tout ébahi, jusqu'aux pieds de leur patron.

– Vous reconnaissez cet individu, je pense ? dit le juge en pointant sur lui son accessoire en papier plié.

Épouvantée, Mme Mao fit un effort visible pour détacher son regard du barbier agenouillé à côté d'elle.

– Et moi, tu me reconnais ? demanda le juge à son suspect.

L'artisan fixa des yeux ronds sur le magistrat. Il opina gravement du menton. La visite du juge dans sa boutique, quelques jours plus tôt, n'avait cessé d'alimenter les conversations qu'il avait entretenues avec ses clients.

– Hier soir, mes conseillers ici présents s'apprêtaient à interpeller le bandit qui tente de vendre aux honnêtes habitants de cette ville les statuettes dérobées dans ce yamen. Au dernier moment, ce voleur leur a échappé comme par magie. Or il se trouve que l'entrepôt où s'est déroulée la scène est situé juste à côté de ta boutique, et qu'une ouverture permet de sauter aisément sur le toit de ta maison. Ces terres cuites étant destinées au Fils du Ciel, je t'accuse de recel de biens appartenant au trône. Il s'agit d'un crime de lèse-majesté passible de la peine de mort sous sa forme la plus pénible. Je ne manquerai pas de recommander ce type de condamnation, à moins que tu n'avoues sur-le-champ où sont cachées les figurines sacrées.

Il fit signe aux sbires, qui s'avancèrent avec les instruments de la torture judiciaire : fouets, bâtons de différentes tailles, pinces et poucettes pour écraser doigts et chevilles… Le coiffeur regarda tout cela avec horreur. Il parcourut des yeux la salle, comme s'il avait espéré du secours des personnes présentes. Ti le voyait perdre pied d'instant en instant. Nul ne pouvait rien pour lui. Qu'il fût coupable ou innocent, les bourreaux lui feraient confirmer les propos de leur maître. Sa seule chance était de jouer le jeu de la justice. Sa tête retomba sur son torse, comme s'il avait été sur le point de perdre conscience.

– Je ne les ai pas, murmura-t-il.

Ti s'attendait à une confession bien plus qu'à une dénégation. La salle, impressionnée, commençait à murmurer qu'il s'apprêtait à torturer le premier venu. Il ne lui restait plus qu'à faire fouetter le récalcitrant pour sauver la face. À moins que ses facultés de déduction ne lui permettent d'éviter une scène pénible…

– Tu ne les as pas, mais tu sais où elles sont, dit-il en se donnant dans la paume de petits coups d'éventail. Et moi aussi, je le sais.

Le barbier le regarda de nouveau avec étonnement.

– Tu les as confiées à ta maîtresse.

Le visage de l'accusé acheva de se décomposer. Il jeta malgré lui un coup d'œil de côté qui n'échappa nullement au magistrat. Ce dernier avait espéré recueillir sans peine des aveux complets. Au lieu de ça, il allait devoir faire appel aux ressources de son intelligence, comme d'habitude. Les ultimes éléments du tableau s'assemblèrent à la vitesse de l'éclair dans son esprit. Il était temps d'assener le coup de grâce.

– Ta maîtresse qui est ici, dit-il en désignant la veuve de la pointe de son accessoire.

Cette fois, l'homme et la femme agenouillés devant lui le dévisagèrent comme s'il avait été l'un des dix démons matérialisé sous sa forme la plus repoussante. Puisque ni l'un ni l'autre n'ouvrait la bouche, Ti estima nécessaire d'expliquer à tout le monde ce qui s'était passé.

– Vous avez perdu la parole, je vais donc retracer à votre place ce que vous avez fait. D'abord, dame Mao, vous vous êtes rendue coupable du délit d'adultère. Une femme encore belle, mariée à un homme atteint par tous les maux de l'âge, éclopé, pauvre, alcoolique, et qui, de plus, s'absente tout le long du jour pour son service au tribunal… La nature ne vous a pas dotée de la vertu de bronze qui aurait été nécessaire pour résister aux avances d'un voisin célibataire et entreprenant. Très vite, le vieux mari est devenu bien encombrant. Mais que faire ? S'arranger pour être ignominieusement répudiée, et

185

s'installer dans la maison d'à côté, chez son amant, dans un quartier où tout le monde vous méprisera ? Or voilà que le destin vous offre l'occasion de vous débarrasser du vieux sans compromettre votre réputation, avec en prime une chance de vous enrichir. Un soir, votre mari vous prévient qu'il va devoir passer la nuit dans les geôles du yamen, où un trésor vient d'être entreposé. Tandis qu'il se repose, vous courez faire copier la grosse clé qui ouvre la porte de la prison. Lorsque le pauvre homme s'en va prendre son poste, sa fin est décidée.

Ti jeta un coup d'œil circulaire à l'assistance suspendue à ses lèvres.

– Au milieu de la nuit, vous avez envoyé votre amant à la prison. Il y a pénétré sans mal grâce à la clé. Le vieux gardien devait être endormi. Peut-être s'est-il réveillé en entendant les gonds jouer. Ce qui est certain, c'est qu'il n'a pas eu le temps de réagir. L'assassin l'a égorgé par-derrière à l'aide du rasoir qu'il utilise pour raser sa clientèle !

Les hommes présents dans le parterre poussèrent des exclamations à l'idée qu'une lame qu'ils laissaient glisser le long de leur cou avait servi à trancher une gorge.

– Votre forfait perpétré, vous avez cherché à égarer la justice. Il fallait faire croire que le vol était le mobile de cet acte horrible. Hélas, les objets les plus précieux avaient été enfermés. Il ne restait que les céramiques. En voyant la représentation du cinquième juge des enfers, l'idée vous est venue de brouiller un peu plus les pistes. Vous l'avez déposée dans le sang de votre victime et avez quitté les lieux en emportant les autres effigies démoniaques.

Le barbier regardait le juge avec le même effarement que si celui-ci avait lu dans son âme.

– C'est alors que s'est produit un événement qui a décidé de votre sort, reprit Ti. Vous vous êtes perdus vous-mêmes par suite de votre convoitise. Je suis certain que la Mao, si obstinée à me réclamer de l'argent, n'est pas étrangère à ce choix fatal. Après la fin tragique de Li Shigu et de sa fiancée, attribuée à la femme-phénix, la valeur de vos statuettes a monté en flèche. Vous avez vendu celle de la goule *wangliang*, puis celle du zombie *jiangshi*, et enfin celle du dragon *suanni*. Dès lors, vous ne pouviez échapper à l'attention de la justice, qui voit et connaît toute chose !

Ce disant, il désigna d'un geste large ses trois conseillers, qui s'inclinèrent avec humilité, ravis de leur crédit retrouvé. Il n'était plus besoin d'aveux. Le silence consterné du couple infernal disait fort bien que le magistrat avait vu juste. D'un mouvement de tête, le barbier et la veuve acceptèrent de ratifier le récit que les scribes venaient de prendre en notes, ce qu'ils firent en y apposant l'empreinte de leur pouce.

– J'ai une seule question à te poser, dit Ti en fixant le coiffeur. Réfléchis bien. Si tu me dis la vérité, je demanderai pour toi les circonstances atténuantes, de manière à t'éviter les pires tortures. Combien de figurines as-tu emportées après avoir tué le mari de ta maîtresse ?

L'inculpé reconnut d'une voix éteinte qu'il n'en avait soustrait que huit.

Satisfait de la réponse, Ti annonça que l'audience était close et se retira, laissant derrière lui un public consterné. Ses trois conseillers n'étaient pas les moins ébahis. Ils le regardèrent troquer sa robe verte pour une tenue plus confortable. Dès qu'il eut terminé, le maître du Yi-king ne put se retenir de poser la question qui leur brûlait les lèvres :

– Oserai-je demander à Votre Excellence de quelle manière elle est parvenue à confondre ces deux criminels ?

Ti nota que leurs dons de divination ne s'étendaient pas jusqu'à leur révéler ce qui se passait dans sa tête. Après tout, il leur devait une partie des éléments qui l'avaient conduit à la résolution de cette affaire, aussi se montra-t-il compréhensif.

– Je me suis rappelé les détails qui m'avaient troublé lors de ma visite de condoléances. En dépit de son chagrin, qui paraissait immense, cette femme s'était montrée très précise quant aux circonstances du meurtre : elle savait que son mari avait eu la gorge tranchée alors qu'il gardait un trésor, et qu'une partie de celui-ci avait été dérobée par les assassins. Tout cela était bizarre. Ce malaise m'a poussé à questionner son voisin, le coiffeur, pour en savoir plus sur les mœurs de la dame. Sans le savoir, j'étais tombé sur son amant ! Le vérificateur des décès avait été surpris par la blessure du vieux sbire : celui-ci avait été égorgé à l'aide d'une lame effilée, maniée par un homme qui avait l'habitude d'un tel instrument. J'avais d'abord pensé à un médecin muni d'un couteau d'opération. Mais un barbier et son rasoir faisaient aussi bien l'affaire. Et voilà que, en passant la tête par la fenêtre de l'entrepôt, je m'aperçois qu'il communique avec la boutique du coiffeur ! Les feuilles de papier qui ont servi à faire des cornets venaient du tribunal. Le sbire aura ramassé de vieux documents qu'on allait jeter et les aura rapportés chez lui, cet article étant rare et coûteux. Le reste allait de soi. Le crime a été commandité par son épouse. Elle a envoyé son amant le tuer en se disant que la police, obnubilée par le vol, oublierait d'enquêter sur l'entourage de la victime. Que pèse la vie d'un garde face au trésor d'un gouverneur ? S'il était mort chez eux, on l'aurait soupçonnée tout de suite. Ils ont été trahis par le fait que le meurtrier possédait forcément la clé de la prison, une clé dont il leur avait été facile de faire fabriquer une copie.

Les trois devins n'étaient pas encore revenus de leur ébahissement lorsqu'un secrétaire apporta les cinq dernières statuettes. On les avait trouvées sans peine sous le plancher de la maison Mao. Celles-ci au moins ne causeraient plus de scandale. Ti chargea ses conseillers de les porter de sa part au temple des douves et des murailles.

On lui annonça qu'un nouveau malheur s'était produit dans la maison des amants foudroyés. Il s'y rendit sans prendre le temps de se changer : il convenait d'aller mettre un terme aux exactions de la femme-phénix, ou bien tous ses efforts n'auraient servi à rien.

Le logement, abandonné par les commerçants en tissus, venait d'être repris par deux dames âgées, une épouse et une concubine qui vivaient seules depuis la disparition de leur mari commun. La parente éloignée des Su, qui habitait toujours à l'étage, était descendue pour bavarder. Elle avait frappé sans obtenir de réponse. Comme elle avait entendu ses deux voisines rentrer, elle n'avait pas hésité à ameuter le quartier. Une fois la porte défoncée, on avait découvert les deux malheureuses inanimées. L'une était affalée dans un fauteuil près du poêle, une tasse à thé renversée sur le sol à côté d'elle. L'autre gisait sur le tapis après avoir vraisemblablement glissé de son siège.

Le médecin, accouru en toute hâte, avait ouvert en grand portes et fenêtres. Quand le magistrat surgit, les deux locataires revenaient à elles grâce aux soins qu'on leur prodiguait. Elles ne comprenaient rien à ce qui leur était arrivé. Elles n'avaient vu personne. Elles avaient pris soin de s'enfermer et nul n'avait pu pénétrer dans cette pièce tandis qu'elles prenaient le thé.

– L'assassin est revenu ! décréta la voisine, énon-çant l'opinion partagée par toutes les personnes pré-sentes.

Comme la fois précédente, un feu avait été allumé dans le poêle. Ti se pencha pour examiner l'instal-lation. Il nota que l'engin tirait mal et qu'il était fendu. Il fit remettre du bois pour relancer la com-bustion. Aucune fumée visible ne s'en échappa. Il n'y avait pas non plus d'odeur particulière. Il appro-cha le nez de la fissure. L'espace d'un instant, il lui sembla que la pièce tout entière vacillait autour de lui.

Lorsqu'il rouvrit les yeux, il était allongé sur le dos et plusieurs personnes se penchaient sur lui, la mine catastrophée. Un homme l'éventait, un autre lui tamponnait le front avec un linge humide, et la vieille dame tâchait de faire couler du thé froid entre ses lèvres.

– Votre Excellence a-t-elle vu le démon ? demanda-t-elle après qu'il se fut mis à toussoter. Se cache-t-il à l'intérieur du poêle ?

– Il n'y a pas de démon, répondit Ti en faisant un effort pour se redresser, bien que le décor eût encore tendance à tanguer. Mais nous allons quand même détruire ce maudit poêle.

Dès qu'il put tenir sur ses jambes, il saisit un tisonnier et assena sur la céramique un coup d'une violence telle qu'elle explosa. Puis il quitta les lieux en compagnie du médecin, qui lui tenait le bras.

– Je pense avoir compris quelque chose, dit ce dernier tout en aidant le magistrat à avancer. Le barbier vous a juré qu'il n'avait volé que huit figurines dans la prison. Cela signifie que la femme-phénix a été découverte par Li Shigu après qu'on eut constaté le forfait. Il l'a emportée chez sa fiancée pour la lui offrir, ce qui a causé leur mort à tous les deux.

Ti fit signe qu'il avait des corrections à apporter à cette hypothèse. Il dut au préalable s'asseoir sur des marches, car ses vertiges le reprenaient.

– C'est bien ce qui s'est passé, dit-il lorsque l'air frais eut achevé de lui rendre l'équilibre. Mais la femme-phénix n'est pour rien dans leur décès. Un poêle abîmé ou mal conçu peut rendre l'atmosphère irrespirable. Cette pièce est ainsi faite que, lorsque toutes les ouvertures sont closes, un mince filet d'émanation mortelle s'échappe du foyer à travers la fente et va flotter à hauteur du visage de quiconque s'assied sur son trajet. Depuis que ce poêle est fendillé, il est devenu un danger pour tous ceux qui vivent là. Nos deux fiancés ont eu la malchance de s'enfermer et de rester immobiles un long moment sur le sofa. L'air vicié venu de l'âtre leur a fait perdre conscience comme à moi alors qu'ils s'embrassaient.

— Dans ce cas, noble juge, leur mort est sans rapport avec la vague de meurtres qui a atteint notre ville ?

Ti s'arrêta pour respirer profondément l'air de sa cité, sans doute moins mortel que celui du poêle, mais non moins vicié.

— Au contraire. Ce sont les circonstances ténébreuses de leur décès qui ont tout déclenché. Tous ces désordres sont arrivés à cause d'un poêle défectueux !

XIII

Le juge Ti reçoit un indice des mains d'un magis-
trat défunt ; il arrête un fantôme.

Tandis qu'il parcourait la ville, Ti nota que ses
trois conseillers avaient organisé la résistance aux
divinités démoniaques. Après avoir tenté d'amadouer
les esprits malins en les honorant, on les brûlait en
effigies de papier sur les marches des temples. On
avait placardé sur la plupart des portes des représentations de Zhong Kui, le pourfendeur de démons, le
plus célèbre dieu protecteur de la religion populaire.
Il était hideux, hirsute, et coiffé du même chapeau
de fonctionnaire à ailettes que le sous-préfet. Il bran-
dissait une épée avec laquelle il pourchassait impi-
toyablement les créatures malfaisantes afin de les
réduire en esclavage. Il ne commettait jamais d'erreur
judiciaire, ne prenait jamais de mesures impopulaires.
Ti savait bien que, malgré tous ses efforts, il n'éga-
lerait jamais la sympathie que le petit peuple portait
à ce concurrent déloyal.

Il passa devant la maison du bâtisseur Tian assassiné. Des ouvriers étaient en train de rehausser le

seuil pour barrer l'accès aux esprits rampants. Une immense silhouette de Zhong Kui avait été clouée sur le portail. Le juge en déduisit qu'il devait chercher ailleurs l'assassin du patriarche : ceux qui habitaient là étaient terrorisés, ils étaient donc innocents. Il leva la jambe pour franchir le porche et trouva dans la cour la veuve et son beau-frère, qui surveillaient les aménagements. Il désirait savoir qui avait eu l'idée d'aller consulter la chamane pour apprendre ce qui était arrivé au disparu. Dès qu'il connut la réponse, il eut la certitude que son enquête venait de faire un pas décisif.

Il poursuivit son chemin jusqu'au temple des murailles et des douves pour montrer à nouveau sa dévotion. Il nota avec satisfaction que ses conseillers avaient disposé les dix statuettes démoniaques sur l'autel du génie tutélaire. Pour l'heure, les trois voyants s'entretenaient à voix basse avec le grand prêtre, à l'autre bout de la salle. Tandis qu'il priait, Ti laissa son regard errer sur la table de justice magnifiquement décorée. Soucieux d'encourager leur *cheng-huang* à surveiller les créatures néfastes, les citadins l'avaient comblé d'une multitude d'offrandes en tout genre. Ti remarqua une très belle broche de rubis disposés en étoile sur une monture d'or fin. L'objet lui rappelait quelque chose. Il fit signe à ses mages d'approcher.

– Ce bijou vous évoque-t-il un souvenir ?

Le joyau ne leur inspirait rien, hormis la constatation qu'on ne leur faisait jamais de si beaux cadeaux et que les religieux de ce sanctuaire avaient bien de la chance.

194

– La veuve de l'antiquaire nous a affirmé que l'assassin de son mari leur avait volé une broche identique, expliqua le juge. Je connais peu de voleurs qui commettent des crimes pour le compte d'un dieu en bois peint.

Interrogé à son tour, le grand prêtre lui apprit qu'il devait cette générosité à une dame tout à fait comme il faut, qui tenait un commerce de verroteries près de la porte sud. Ti s'y rendit sans perdre un instant, suivi de ses fidèles conseillers.

Quelques minutes plus tard, ils pénétraient dans une petite boutique débordant de colifichets clinquants. La chamane se lança aussitôt dans un examen attentif de la marchandise. Ti la soupçonna de faire son choix en attendant que le décès de la boutiquière fasse chuter les prix, comme elle l'avait fait chez l'antiquaire Dong.

La commerçante les accueillit avec un large sourire. Ti devina à sa bonne mine que les affaires étaient florissantes. Elle leur proposa son nouvel arrivage de colliers en dents de requins, très demandés depuis qu'un démon de cette espèce avait été vu en train de tuer des gens. Ti fronça le sourcil à cette évocation. Il se présenta, exhiba la broche aux rubis et somma la bijoutière de lui révéler ce qu'elle savait de cet ornement. Celle-ci eut une grimace de dépit et répondit qu'elle l'avait offert au dieu tutélaire de la cité en vertu d'un vœu.

– Je ne te demande pas pourquoi tu t'en es débarrassée, mais d'où tu le tenais ! répliqua le juge.

De moins en moins sûre d'elle, la dame répondit qu'il s'agissait d'un bien de famille. En ces temps où l'enfer les tourmentait, elle n'avait pas voulu lésiner sur la qualité de l'offrande.

Ti jeta un coup d'œil autour de lui. Des bracelets en perles de céramique et des breloques en métal doré couvraient les murs.

— Je ne crois pas que les marchandes de babioles bon marché conservent chez elles des joyaux de cette valeur. Trêve de plaisanterie ! Je te somme de parler, ou bien je t'inculpe pour meurtre !

La figure de la bijoutière se décomposa.

— Je n'ai jamais eu l'intention de mentir à Votre Excellence. Cet article m'a été confié par ma sœur.

— Laisse-moi deviner, dit le magistrat. Ta sœur se nomme Pei, elle est la veuve de l'antiquaire Dong Si.

La suspecte fit la même tête que tous ceux dont Ti perçait à jour les petits secrets sans qu'ils aient eu à dire plus de trois phrases. Elle comprit qu'il était temps de débiter toute l'histoire. Dame Pei, sa sœur, lui avait dit avoir retrouvé la broche après le départ de la police. Dans le trouble qui avait suivi l'assassinat de son époux et sa sortie du placard, elle avait cru que l'assassin l'avait emportée. Elle était très gênée. Elle répugnait à admettre sa sottise devant le sous-préfet. Aussi s'en était-elle débarrassée en l'offrant à sa parente, qui elle-même n'avait pas voulu conserver un objet lié à un meurtre commis par une goule *wangliang*.

Ti en profita pour l'interroger un peu sur la moralité de la veuve.

— Elle mène depuis le décès une existence exemplaire, noble juge. Nul homme n'a franchi le seuil de sa maison. Ma sœur respecte son deuil à la lettre, ne sort que pour faire son marché et ne fréquente personne.

– Et avant ?

La marchande concéda que l'entente des époux Dong n'avait pas toujours été un ciel sans nuage, surtout dans les débuts de leur mariage. Dame Pei était une femme autoritaire, dominatrice. De plus, elle plaisait aux hommes, ce qui avait été la cause de pénibles scènes de jalousie. Au fil du temps, leurs différends s'étaient estompés et ils avaient vécu dans une harmonie dont tous leurs proches étaient édifiés.

Ce tableau idyllique n'arrangeait guère les affaires du magistrat. Il abandonna la bijoutière et décida de retourner chez l'antiquaire.

Ti poursuivit ses réflexions tout au long du chemin, tandis que ses trois conseillers marchaient à quelques pas derrière lui. « Dame Pei prétend avoir retrouvé la broche aux rubis et avoir omis de nous le signaler pour ne pas perdre la face. Mais, en l'absence de vol, l'assassin de son mari n'a plus aucun mobile ! Dans ce cas, le plus probable n'est-il pas que l'antiquaire ait été tué par l'amant de sa femme, qu'il aura surpris au mauvais moment ? » Tant qu'elle nierait – et pourquoi avouerait-elle ? – il serait impossible de la condamner. Le code pénal exigeait des aveux, et pour les obtenir à coup sûr il lui fallait une preuve, ce qui revenait à devoir identifier l'amant. Il en était là de son raisonnement lorsqu'ils arrivèrent devant le commerce d'antiquités.

– C'est dans cette maison que se trouve la clé du mystère ! déclara-t-il, les mains croisées sur la poitrine.

La façade était dans l'état exact où il l'avait laissée le jour où il avait découvert le meurtre.

– Quelque chose vous paraît-il curieux ? demanda-t-il à ses acolytes.

Le maître du Yi-king se gratta l'arrière du crâne comme s'il avait été en plein effort cérébral, mais Ti fut certain qu'il se demandait plutôt comment il allait payer sa prochaine soûlerie. Le taoïste resta muet, aussi incapable de déceler un indice que de leur énoncer l'une de ses habituelles formules calamiteuses. Seule la chamane semblait perturbée par quelque chose.

– J'ai le sentiment d'être observée, dit-elle. J'ai ressenti la même impression la première fois que nous sommes venus. Comme si un être invisible était en train de nous épier.

Ti se dit qu'elle était décidément la plus intuitive du trio. Aucun des trois, néanmoins, n'avait remarqué le détail qui lui avait sauté aux yeux. Si la famille du bâtisseur mordu par un zombie s'était lancée dans des transformations afin de repousser les démons, la veuve de l'antiquaire, en revanche, n'avait pris aucune disposition de ce genre, ce qui était curieux dans le cas d'une maison où une goule avait tué quelqu'un !

Le juge poussa la porte. Ils trouvèrent dame Pei debout sur un tabouret, occupée à ranger un lot de bols en céramique bleue sur une étagère. Elle se hâta de descendre pour les saluer.

– Je suis venu vous renouveler mes condoléances, dit Ti. Mes conseillers seraient ravis de pratiquer chez vous les exorcismes nécessaires pour éloigner définitivement l'être maléfique qui y a répandu le malheur.

La veuve le remercia de cette généreuse attention. Tandis que les mages et la sorcière se lançaient dans leurs incantations, Ti suivit son hôtesse à la cuisine, où elle se proposait de préparer du thé. Elle sortit d'un pot en grès des boulettes de feuilles agglomérées.

– Dites-moi, juste avant son décès, votre mari était venu se plaindre à moi d'un fantôme qui hanterait votre demeure. Avez-vous eu à souffrir, vous aussi, de cette présence indésirable ?

Dame Pei répondit qu'elle n'avait rien remarqué d'extraordinaire. Dong Si était doué d'une vive imagination et de nerfs fragiles. C'était à son avis d'un bon médecin qu'il aurait eu besoin, pour rétablir en lui l'équilibre des forces vitales.

Ti nota qu'elle avait des victuailles en profusion. C'était curieux, puisque cette femme vivait désormais seule. Elle avait préparé des crêpes de blé fourrées. Deux portions avaient été disposées dans deux plats, comme si elle avait attendu quelqu'un. « Les spectres ne mangent pas de crêpes fourrées », se dit le juge.

Il profita de ce que son hôtesse s'affairait près de son feu pour s'esquiver et monter l'échelle menant au logement. Rien n'avait changé dans la pièce principale, toujours aussi joliment décorée d'objets anciens. Il gravit la seconde échelle, celle qui conduisait aux chambres. Un magnifique paravent de laque à décor de grues en vol ornait le fond du couloir. Il en replia soigneusement les cinq panneaux articulés afin d'accéder au mur. Celui-ci, une paroi de bois aux planches parfaitement jointives, ne présentait aucun caractère d'étrangeté.

Ti prit le temps de réfléchir à ce qu'il allait faire. Les résultats obtenus dans cette enquête, il les devait à ses seules facultés de déduction. Ses raisonnements le conduisaient à présent à desceller ces planches pour voir ce qu'il y avait derrière. Soit il rentrait au yamen et s'en remettait aux dieux, soit il prenait le risque de démolir un mur chez une veuve au-dessus de tout soupçon, quitte à passer pour un idiot auprès de ses administrés, perspective qui heurtait son amour-propre.

À mieux y repenser, il y avait tout de même quelque chose de bizarre dans cet agencement : s'il avait été devant le mur extérieur de la maison, il aurait dû se trouver en présence d'un torchis, comme dans les autres pièces. Pourquoi s'être donné la peine de recouvrir cet endroit d'un placage ? Il frappa. Cela sonnait creux. Sa décision était prise.

Il redescendit dans la pièce principale, à la recherche d'un instrument long et solide. S'étant saisi d'un petit sabre dans le style des Royaumes combattants plutôt bien imité, il remonta s'attaquer à la paroi qui lui barrait le passage. Il y avait dans l'angle un interstice où sa lame s'enfonça. Ses premiers efforts n'aboutirent qu'à briser l'extrémité de l'arme en bronze. Au bout d'un moment, le panneau de bois produisit un craquement épouvantable et s'ouvrit sur un recoin obscur où Ti discerna les barreaux d'une échelle étroite. Il attendit quelques instants pour voir si le vacarme avait attiré quelqu'un.

La veuve était trop occupée à suivre les gesticulations des trois voyants, dont les cris avaient couvert tout autre bruit. Il coinça dans sa ceinture ce qu'il restait du sabre et grimpa à l'échelle.

Il déboucha dans un grenier éclairé à chaque bout par deux petites fenêtres. Au lieu de la resserre poussiéreuse à laquelle on pouvait s'attendre, c'était un endroit aménagé de façon à le rendre confortable. Le plancher était recouvert d'épais tapis, comme en bas. Le plafond incliné avait été recouvert de beaux dessins probablement choisis dans le stock de l'antiquaire. Sur une table, il découvrit un objet métallique recourbé, maculé de taches brunes qui évoquaient du sang coagulé. L'antiquaire avait donc bien été frappé avec une serpe, et non percé par la griffe acérée d'une goule *wangliang*. Alors qu'il se penchait sur l'outil, une ombre se dressa soudain à deux pas de lui, le faisant sursauter. Comme la silhouette demeurait immobile, Ti eut le temps de reprendre ses esprits. Il s'agissait d'un homme hâve et hirsute, âgé d'environ trente ans, bien qu'il fût difficile de le situer avec précision étant donné son état. Il y avait bien de quoi le prendre pour une âme errante si on l'entrevoyait à l'improviste, la nuit, à la lueur de la lune.

– Tu es le fantôme de cette maison, je suppose ? dit le juge.

L'apparition fit signe que oui. Le spectre avait les yeux tristes. Il semblait déboussolé par l'intrusion. Ti était d'évidence le premier visiteur à mettre les pieds dans ce repaire depuis que son occupant y avait élu domicile.

– Sais-tu qui je suis ? reprit-il.

– Vous êtes le sous-préfet de notre ville, articula le fantôme d'une voix éraillée. Je vous ai vu, l'autre jour, depuis la lucarne. Et tout à l'heure encore, avec vos exorcistes.

La pièce était remplie de livres. Sur une desserte s'entassaient des rouleaux de soie et un nécessaire à peinture. Ti comprit tout à coup que les dessins dont le plafond était recouvert n'avaient pas été tirés des réserves de l'antiquaire : ils les alimentaient, au contraire. L'ermite suivit son regard.

– J'étais peintre, il y a une dizaine d'années, expliqua-t-il. C'est comme cela que j'ai rencontré Senteur-sucrée : je vendais à son mari des œuvres qu'il faisait passer pour des originaux de l'époque Sui. Ce n'était pas un commerçant des plus scrupuleux, je dois dire. D'ailleurs, sa femme ne l'a jamais aimé. Elle l'a trompé dès les premiers temps de leur mariage. Comme il se montrait soupçonneux, elle a eu l'idée de m'installer dans leur grenier. J'y ai pris goût. Je ne peux plus imaginer vivre ailleurs. Je continue à peindre. Quand je ne sais plus où les mettre, Senteur-sucrée donne mes travaux à Dong en prétendant les avoir achetés en ville.

– Je devine ce qui s'est passé, dit le juge. Ton petit bonheur aurait été tranquille sans l'antiquaire. Il s'est mis à constater des phénomènes étranges : disparition de nourriture, bruits de pas intempestifs, ombres aux fenêtres alors qu'il n'y avait personne…

Le peintre poussa un soupir.

– C'était le bon temps, reconnut-il. Senteur-sucrée prenait toujours soin de me laisser à manger quand ils s'absentaient. Ils ont déménagé deux fois à cause de moi. Elle poussait toujours cet imbécile à choisir une maison dotée d'un vaste grenier. Je déménageais pratiquement en même temps qu'eux !

« C'est cocasse, songea Ti. Ils emballaient pour ainsi dire le fantôme avec le reste de leurs affaires ! »

– Dis-moi maintenant comment Dong Si est mort, et ne me cache rien ! ordonna-t-il de sa voix la plus menaçante. Je me doute que tu n'es pas un homme violent, sans quoi l'antiquaire serait mort depuis longtemps. N'essaye pas de me sortir cette histoire de goule ou je te traîne immédiatement au tribunal pour t'expliquer avec mes bourreaux !

Il lut une grande nostalgie dans les yeux de son interlocuteur comme celui-ci reprenait son récit.

– L'autre jour, Dong m'a surpris alors que je faisais ma promenade quotidienne dans la maison. Il m'a reconnu, après tout ce temps ! Il s'est rué sur moi, convaincu que j'étais revenu profiter de sa femme. Pris de panique à l'idée d'être jeté dehors, j'ai saisi le premier objet qui m'est tombé sous la main pour me défendre, et je l'en ai frappé. Malheureusement, c'était cette fichue serpe antique.

Le peintre hirsute tomba à genoux et frappa le sol de son front :

– Je me fais tellement de reproches, noble juge ! J'ai provoqué la mort d'un innocent qui me logeait et me nourrissait depuis dix ans ! Son âme affamée ne cessera jamais de me hanter !

Ti se dit que l'homme s'y connaissait certainement mieux que quiconque en cette matière. Il avait l'air si pitoyable que le juge fut à deux doigts de le plaindre.

– Rassure-toi. Je vais te trouver un autre endroit confiné où t'installer. Tu ne feras que changer de prison.

Il glissa l'arme du crime dans sa ceinture et prit le spectre par la main pour le ramener vers le monde des vivants. Il lui fit descendre l'échelle de sa cachette pour la dernière fois et le rejoignit dans le couloir des chambres.

Ses conseillers étaient à présent en train de s'agiter dans la pièce principale, qu'ils avaient enfumée à grand renfort d'encens malodorant. La veuve les contemplait en s'épongeant les yeux, que les fume-rolles faisaient pleurer. « Ce doit être la première fois que ça lui arrive depuis la mort de son mari », pensa le juge.

– Ne vous fatiguez pas, lança-t-il : j'ai trouvé le fantôme !

Il s'écarta pour le leur laisser voir. Dame Pei n'aurait pas eu une expression plus affligée si elle avait aperçu un véritable esprit errant. Les regards des trois sorciers allèrent de la femme au poilu mal peigné. Ils n'y comprenaient plus rien.

– D'où sort-il, celui-là ? dit le taoïste, comme si l'intrus avait pu descendre du ciel.

Plus fine que les autres, la chamane réagit la première, comme d'habitude :

– Je savais bien que quelqu'un nous observait ! s'exclama-t-elle.

Le peintre tomba à genoux devant le juge :

– Senteur-sucrée n'a rien à voir dans ce fâcheux accident, plaida-t-il. Le mal était fait lorsqu'elle est rentrée chez elle. Elle n'a rien dit pour éviter la honte de l'adultère, qui l'aurait déshonorée.

Ti voyait à présent assez bien comment les faits s'étaient déroulés :

– Vous avez eu l'idée de l'enfermer dans un placard pour la disculper. Vous avez déposé une statuette maléfique à côté du cadavre afin d'égarer la justice. C'est cela que j'ai le plus de mal à vous pardonner. Vous irez méditer sur les goules *wang-liang* dans mes cachots, si vous voulez bien.

Il souhaita savoir comment la statuette volée était arrivée chez eux.

– Mon mari venait de l'acheter à un inconnu, avoua la veuve.

Ainsi Dong Si jouait les receleurs lorsque l'occasion se présentait. Ti supposa que le vendeur était le barbier qui avait dérobé le lot après avoir égorgé le sbire Mao. C'était un détail qu'il serait facile de confirmer au tribunal. Tandis qu'il réfléchissait, il se débarrassa machinalement du sabre en bronze sur une table. Le regard de dame Pei se posa sur l'arme amputée de sa pointe.

– Qu'est-il arrivé à cette relique des Royaumes combattants ? Un glaive d'une facture magnifique !

Elle tourna des yeux soupçonneux vers les exorcistes. Ceux-ci firent signe qu'ils n'en avaient aucune idée. Ti grogna qu'ils n'étaient pas ici pour faire l'inventaire. Il laissa les deux complices sous la garde du devin et de l'astrologue, et envoya la sorcière requérir des gardes pour le transfert des inculpés.

Ti était content de lui. Grâce à ses efforts, l'ordre avait encore progressé dans son district. Il s'offrit le plaisir de rentrer tranquillement à pied.

Dès qu'il mit le nez dehors, il contempla avec appréhension le ciel, qu'un énorme nuage noir obscurcissait. Aussi se hâta-t-il de gagner le yamen avant qu'une pluie d'été drue et violente ne se mette à le cribler.

La ville continuait de se transformer à vue d'œil. Des lanternes blanches brillaient devant les temples, dans cette nuit artificielle précédant l'orage. On les avait accrochées à des hampes de bambou afin d'avertir les fantômes qu'il se tiendrait là un banquet à leur intention. La longueur de la tige indiquait l'importance du festin : plus la lampe était haute, plus les esprits viendraient nombreux. Certains habitants avaient planté de petits lampions devant leur maison pour éclairer la route des revenants : il ne fallait pas qu'ils s'égarent et frappent chez eux par erreur !

Les gens avaient commencé à déposer des victuailles sur les tables d'offrandes. Ti aperçut de coûteux plats de viande, signe de l'importance que revêtait la célébration cette année-là. Il y avait des carcasses de porc entières : la taille de l'animal reflétait la piété du donateur. On avait placé un fruit sucré dans la bouche de ces *zhugong*[1] pour qu'ils ne se plaignent pas trop de leur sort et ne médisent pas de leurs éleveurs auprès du gardien des enfers. Des moines bouddhistes avaient commencé à réciter les soutras censés multiplier la nourriture fan-

1. Sieur cochon.

tomatique ; ainsi, l'on était sûr de répondre à la demande, sûrement exceptionnelle vu les circonstances.

Des talismans avaient été disposés à proximité des mets : ombrelles, ciseaux, épées, lampes à huile, règles, balances et petits miroirs en bronze poli. On avait aussi découpé dans du papier trois effigies divines chargées de tenir en respect les spectres les plus turbulents : le dieu des montagnes, le dieu du sol et le roi des fantômes, ancien chef d'un gang de démons ramené à la raison par la déesse Guanyin.

Le vent se leva soudain. De brusques bourrasques renversèrent les divinités de carton, éteignirent les lampes et agitèrent les lampions, dont certains s'enflammèrent. En un instant, la panique s'empara des fidèles, qui durent courir en tous sens pour rattraper les lambeaux de leurs installations balayées par ce souffle venu d'outre-tombe.

Ti pressa le pas. Il était temps de fournir un réconfort terrestre à ses concitoyens désemparés.

XIV

Le juge Ti disculpe un mort-vivant ; il met au jour une vieille vengeance.

Ti ne s'était pas douté à quel point ses administrés étaient mécontents. Il trouva sur son bureau un tract de protestation populaire adressé à la préfecture, que ses indicateurs de police avaient intercepté. On y dénonçait son inaptitude à réprimer les délinquants revenus d'entre les morts. Ceux qui l'avaient rédigé y avaient inclus quelques formules inattendues, telles que :

« Le mandarin met le feu où il lui plaît, mais il ne permet pas aux gens du peuple d'allumer une lampe. »

Ce style sibyllin lui rappela quelqu'un. Si son prêtre taoïste n'en était pas directement l'auteur, du moins ses coreligionnaires avaient-ils trempé dans le complot. Ti avait perdu le soutien des autorités religieuses. Il était donc urgent de rétablir son hégémonie.

Le meurtre suivant sur sa liste était celui du bâtisseur Tian Chengsi, déterré près de la rivière. Qui

209

l'avait tué, celui-là ? Le barbier, qui avait vendu à ses assassins la statuette du mort-vivant *jiangshi,* s'était tenu sur la mezzanine de l'entrepôt à farine tout au long de la transaction, occupé à faire croire qu'il était entouré de complices. Il n'avait pas vu les traits de son client et ce dernier s'était bien gardé de se présenter.

En fin de compte, l'unique témoin du meurtre restait la chamane, qui avait prétendu avoir tout vu au cours d'une transe. Certes, c'était elle qui était venue lui dire où gisait le corps. Mais, s'il excluait la possibilité d'une vision d'ordre surnaturel, ces renseignements ne pouvaient émaner que des meurtriers eux-mêmes.

Ti se remémora la discussion qu'il avait eue quelques heures plus tôt avec la famille Tian. Il avait demandé une nouvelle fois à la veuve comment elle avait pensé à consulter la sorcière sur la disparition de son mari. Elle lui avait répondu que Tian-l'aîné, la veille, avait répété partout la prédiction selon laquelle le navire de son principal concurrent allait faire naufrage. À mieux y réfléchir, elle se souvint que le conseil venait de son beau-frère. Tian-le-jeune se rappela à son tour que l'idée lui était venue lors d'une conversation avec d'autres bâtisseurs, au bord de la rivière. Ti se doutait de l'identité de l'homme qui avait fait en sorte de leur suggérer cette initiative. Il importait d'aller voir sa conseillère en bestioles des forêts.

Il la trouva chez ses épouses, où son personnel spécial passait le plus clair de son temps depuis qu'il l'avait embauchée. Les dames Ti étaient ravies de cette distraction à domicile. Qiannü était de nouveau en transe, debout au milieu d'un salon dont les volets avaient été fermés, dans les fumerolles de son encens méphitique. Les trois compagnes du magistrat faisaient cercle autour d'elle et l'observaient avec une attention passionnée. L'averse d'été qui sévissait dehors renforçait l'atmosphère mystérieuse du rituel.

– L'esprit du cerf dit qu'un destin radieux vous attend ! annonça la devineresse, dont la tête était surmontée des bois de cet animal.

Elle avait le regard fixe et les membres raides. Ti s'approcha d'elle et chuchota quelques mots à son oreille.

– Votre mari est un homme merveilleux ! reprit Qiannü. Je le vois, monté sur le dos du grand cerf, dans les plaines de l'Ouest. Il chevauche vers les monts sacrés où l'appellent les dieux protecteurs. Il fera une carrière magnifique et vous conduira vers une existence de plus en plus prestigieuse !

Les dames Ti haussèrent les sourcils, très surprises d'entendre cette soudaine apologie de leur époux.

– Êtes-vous bien sûre de ce que vous dites ? demanda sa Première.

Les yeux de la chamane quittèrent leur fixité. Elle parut se réveiller d'un rêve.

– Que s'est-il passé ? demanda-t-elle en se laissant tomber sur un pouf.

Ti abandonna ses femmes à leur perplexité, ravi de son effet. Il connaissait à présent le secret de la prédiction miraculeuse. Quand elle était en transe, on pouvait lui dire n'importe quoi, elle le prenait pour une communication de l'au-delà et en perdait le souvenir une fois revenue à elle. Il y avait donc moyen d'influencer ses visions sans qu'elle en eût conscience. L'assassin n'avait eu qu'à lui souffler son histoire de zombie avec l'indication du lieu où reposait le corps. Elle avait ensuite tout répété à la veuve Tian lors de la consultation suivante.

Ti se trouvait désormais dans la situation très inconfortable de connaître l'identité du coupable, son mobile, le moyen employé pour commettre le forfait, et d'être dépourvu de la moindre preuve. Il resta longtemps allongé sur le lit de repos de son cabinet, à chercher la faille dans cette trame démoniaque. Quand il l'eut identifiée, il fit réunir la garde dans la cour du yamen, commanda sa litière d'apparat et ordonna qu'on le conduise à la rivière ainsi que l'astrologue.

La tempête était passée. Le ciel rougeoyait. Le soleil couchant teintait toute chose de son incandescence. Sur l'appontement, Ti vit le jeune Tian en pleins pourparlers avec le principal concurrent de son défunt frère, un gros propriétaire de bateaux nommé Lei Ji. Celui-ci était fort occupé depuis le meurtre. Il négociait le rachat du navire et intriguait pour se faire élire président de la guilde à la place du disparu.

Dès que les deux hommes aperçurent la litière, ils vinrent à la rencontre de leur sous-préfet. Ti laissa ses hommes sur la rive et fit quelques pas en leur compagnie. Lei Ji était radieux. C'était d'évidence le plus beau jour de sa vie.

– J'obéis à mon devoir en soulageant la veuve de mon confrère de ce fardeau et en lui fournissant de quoi subsister dignement durant les années à venir, expliqua-t-il au magistrat.

Tian-le-jeune eut beaucoup de mal à dissimuler sa surprise lorsqu'il entendit Ti demander à son concurrent où il était le soir du meurtre. Le futur président de la guilde ne perdit nullement sa contenance. Il était à présent le maître. Il prit à témoin plusieurs de ses employés, qui étaient tous avec lui au port au moment du crime et jurèrent qu'il ne les avait pas quittés. Ti examina leurs figures d'un air pensif. Puisque tout le monde aimait tant feu le bâtisseur Tian, il proposa d'aller se recueillir sur les lieux de son assassinat.

– J'ai ici un prêtre taoïste de grand talent, dit-il en désignant l'astrologue. Il conduira notre prière pour implorer les dieux d'accorder au défunt un paisible repos. C'est une nécessité, vous savez, en cas de mort violente. Nous ne voulons pas qu'il revienne à son tour sous la forme d'un *jiangshi* !

Les employés de la compagnie fluviale n'étaient guère enthousiastes. Leur patron se fit leur porte-parole :

– C'est qu'il commence à faire sombre, noble juge. Nous nous apprêtions à rentrer en ville pour le dîner.

Le soleil était en effet en train de disparaître sur l'autre rive. Les ombres immenses des saules se fondaient à chaque instant davantage dans l'obscurité générale.

– Cela ne prendra qu'un moment, répliqua le magistrat. C'est bien peu pour le salut de votre ami, n'est-ce pas ?

Sans leur laisser le temps de répliquer, il prit le bras de Tian-le-jeune, et les deux hommes se mirent en marche sur le chemin de halage. Lei Ji jeta un regard contrarié à la petite troupe armée de lances, postée non loin de là. Il se résigna à emboîter le pas du sous-préfet avec tous ses témoins, la garde sur leurs talons.

L'étrange cortège marcha jusqu'à la fosse creusée au pied du talus aux trois arbres. Quand l'assistance se fut disposée de part et d'autre, Ti fit signe au taoïste de commencer. Ce dernier alluma des coupelles d'encens ici et là et leva les bras au ciel. Il faisait presque noir, à présent. Les soldats enflammèrent leurs torches. Elles n'éclairaient que l'intérieur du cercle qu'ils formaient autour des marins. Au-delà s'étendait une nuit habitée et menaçante.

– Nous sommes rassemblés ici pour supplier l'âme affamée de Tian Chengsi de ne pas revenir tourmenter celui ou ceux qui ont causé sa mort prématurée ! déclara le prêtre d'une voix solennelle. Puissent les forces du Tao nous protéger de sa colère et des appétits du *jiangshi* qui lui a volé son sang !

Les employés du bâtisseur Lei étaient de moins en moins à l'aise. Leur chef tâchait de conserver l'expression pénétrée de l'entrepreneur paternaliste et tout-puissant. Un craquement sinistre les fit tous sursauter. Ils se tournèrent vivement du côté d'où le bruit était venu. Une silhouette floue se dessinait à l'orée du bosquet. Ti sentit les ouvriers frissonner d'appréhension. Un vent de terreur soufflait sur leur petit groupe.

– Rassurez-vous, ce n'est rien, affirma Lei Ji en gardant les yeux fixés sur le prêtre. Continuez, je vous en prie, dit-il à celui-ci.

Mais le taoïste n'ouvrit pas la bouche. Tous virent la forme s'approcher d'eux par bonds, ses bras raides dressés devant elle comme s'ils avaient cherché à les attraper. Le *jiangshi* portait le même costume de bâtisseur que leur patron.

– C'est Tian Chengsi ! cria l'un des marins. C'est son *gui* qui vient réclamer justice ! Nous sommes maudits !

Ils voulurent s'enfuir, mais les gardes qui les cernaient abaissèrent leurs lances pour leur couper toute retraite. Lei Ji lui-même était paralysé par l'effroi. « Ce n'est pas possible ! » l'entendait-on répéter tout bas entre ses dents.

– Allons, calmez-vous ! dit le juge. Cette créature n'a aucune raison de s'en prendre à vous. Seul l'assassin de Tian Chengsi ou ses complices peuvent s'attendre à subir sa colère. Nous savons tous qu'il n'y a ici que des innocents !

Le monstre d'outre-tombe continuait d'avancer à petits sauts. Ils pouvaient à présent discerner les traits de sa face livide. Ses yeux étaient injectés de sang. Un long filet rouge coulait de sa gorge ouverte.

– Nous n'avons rien fait ! glapit l'un des marins. Nous…

– Tais-toi ! clama Lei Ji, dont la voix trahissait une peur qui ne tenait peut-être pas à l'irruption du mort-vivant.

Il ne put empêcher l'un de ses ouvriers de se traîner aux pieds du juge.

– Pitié ! Que Votre Excellence ordonne à son prêtre de repousser cette chose ! Nous avons menti, c'est vrai, mais ce n'est pas nous qui avons tué l'honorable M. Tian !

– Ah, oui ? fit le magistrat. Qui est-ce, alors ?

Plusieurs doigts se tendirent en direction du bâtisseur, qui hésitait entre la peur et la colère. Tian-le-jeune laissa échapper un juron.

– Il nous a payés pour dire qu'il n'avait pas quitté l'appontement ! lança un autre employé, sans cesser de fixer l'apparition d'un œil craintif.

Sur un geste du magistrat, le taoïste récita d'une voix forte une invocation de protection contre les spectres.

– Ton meurtrier a été dénoncé ! renchérit Ti à l'intention de l'horrible créature qui semblait hésiter. La justice va s'abattre sur lui dans toute sa rigueur. Tu peux t'en retourner vers les domaines infernaux, je te promets que tu seras vengé.

Le mort-vivant s'évanouit entre les arbres aussi vite qu'il en était sorti.

– Merci, *Zhenren*[1], répétèrent d'innombrables fois les ouvriers en embrassant le bas de la robe bleue de l'astrologue.

Les soldats ramenèrent tout le monde en ville sous bonne garde. Assis dans sa litière, Ti n'eut aucun mal à deviner les pensées de chacun. Lei Ji se demandait s'il valait mieux périr sous la lame du bourreau

1. « Parfait », désigne un magicien taoïste.

plutôt que sous la dent du *jiangshi*. Le taoïste était enchanté : cette petite séance allait restaurer sa réputation mise à mal par les heureuses prédictions de mariage faites au couple foudroyé. Ti était lui aussi fort satisfait. Chacun retrouvait sa place : les fantômes aux enfers et les assassins au tribunal.

XV

Le juge Ti met au jour une vieille vengeance ; il
se livre à un chantage fructueux.

Après avoir dicté à ses secrétaires les renseignements nécessaires à l'inculpation du bâtisseur et de
ses faux témoins, Ti dîna seul dans son cabinet. Il voulait se concentrer sur le crime commis par l'homme-
requin. De quelle piste disposait-il ? Un artisan
décédé depuis un an était venu s'inscrire au temple
de la cité pour endosser un travestissement. Il avait
paradé un moment à travers la ville, avait poignardé
un usurier aussi simplement qu'on dit bonsoir, puis
assassin et costume s'étaient évanouis dans la nature.

Ti résolut de reprendre l'enquête du début. En cette
période de fête, la veuve de Xiao Tong ne serait peut-
être pas encore couchée. Il choisit dans sa garde-
robe une tenue passe-partout et quitta le yamen par
la petite porte pour se diriger à pied vers le domicile de la boutiquière.

L'échoppe était située dans une rue tout à fait
modeste. Sa façade ne valait pas mieux que celles qui
l'entouraient. Il frappa à la porte de bois, dont la

peinture aurait eu besoin d'un bon coup de pinceau. Une voix de femme demanda ce qu'on voulait.

– C'est votre magistrat qui est là, répondit-il sans trop élever la voix, soucieux de ne pas ameuter le voisinage.

Quelques instants s'écoulèrent, pendant lesquels la veuve dut remettre en hâte de l'ordre à sa toilette ou à son intérieur. Le battant s'ouvrit enfin sur une personne d'assez grande taille qui tenait une lampe à la main. Elle s'inclina, récita le compliment habituel sur l'honneur que lui faisait son sous-préfet, puis s'écarta pour le laisser entrer. Lorsqu'il eut franchi le seuil, elle regarda dans la rue, très étonnée de ne pas y trouver la même troupe de gardes qu'à sa première visite. Elle ne se classait pas dans la catégorie de gens chez qui le premier magistrat du district pouvait se rendre en toute simplicité.

Ayant refermé derrière lui, elle pria Ti de bien vouloir prendre un siège – ce fut un tabouret, la pièce ne possédant rien de mieux. Puis elle s'affaira à réunir d'autres sources d'éclairage qu'elle alluma et disposa un peu partout afin de ne pas avoir l'air de recevoir Son Excellence dans un taudis obscur.

À vrai dire, son logement n'était guère plus coquet que sa devanture. Hormis le mobilier rustique, la décoration reposait tout entière sur une foule d'ustensiles en bois accrochés sur les murs. Bien qu'ils fussent fabriqués dans les meilleures règles de l'art, c'était un peu étrange, car ils étaient bien plus nombreux que ce dont leur propriétaire pouvait avoir l'usage. Elle s'empressa de lui servir un petit bol d'une décoction d'herbes marinées dans l'alcool, qui était, assura-t-elle, une spécialité de sa région natale. Comme Ti continuait d'examiner les objets, elle expliqua que son défunt mari était un artisan en bois très apprécié. Il sculptait des récipients et des instruments de cuisine qu'elle vendait à une vaste clientèle. L'affaire leur avait rapporté de quoi s'installer à leur aise.

– Jusqu'à son décès, je suppose, conclut Ti. De quoi est-il mort ?

– De ses dettes, noble juge, répondit la veuve avec un profond soupir.

Xiao Tong, emporté par son succès, avait contracté un emprunt afin de s'agrandir. Avec ces fonds, il avait commandé un stock de bois précieux récolté dans les forêts du Sud et engagé des ouvriers. Hélas, juste à ce moment, les bateliers avaient organisé l'importation de fournitures venues de Corée, très résistantes et moins coûteuses. Il se vit dans l'incapacité de rembourser à la date prévue. Les essences rares achetées à grands frais perdirent la moitié de leur valeur et les ouvriers s'en allèrent, faute d'être payés. À l'approche de l'échéance, l'usurier se fit pressant. L'artisan le supplia de lui accorder un an pour se refaire. Il était prêt à travailler nuit et jour et espérait trouver un biais qui lui eût permis d'équilibrer ses comptes. Malheureusement, son créancier refusa de reporter le paiement. Il déposa une plainte auprès du magistrat d'alors, qui autorisa la saisie de leur maison, de leur boutique, de leur atelier, et tout fut dispersé dans la journée. Le pauvre Xiao avait été humilié, déshonoré devant tous ses voisins, c'était un homme détruit. Le lendemain de leur installation dans cet endroit, elle le trouva mort au milieu de leurs paquets : il s'était enfoncé l'un de ses outils dans le cœur.

La veuve renifla bruyamment et tamponna le coin de ses yeux rougis avec un vieux torchon.

– Il me restait juste assez pour le faire inhumer dans le tumulus du bosquet sud. Hélas ! Je n'ai pu prodiguer toutes les prières nécessaires à la paix de son âme. C'est pourquoi il est sorti de sa tombe pour revenir errer parmi nous comme le font les âmes affamées.

Un terrible doute frappa le juge Ti.

– Dites-moi, cet usurier, ce ne serait pas celui qui a été poignardé par l'homme-requin, tout de même ?

Il vit passer dans les yeux de la veuve une lueur de haine encore vivace.

– Si, noble juge. Je ne peux pas dire que je le plains.

Quiconque aurait été à la place de Ti, à commencer par ses conseillers spéciaux, en aurait conclu que le mort était revenu se venger de son tourmenteur, et que son affaire était par conséquent élucidée. « Ou bien quelqu'un a accompli sa vengeance à sa place », se dit-il en examinant les murs autour de lui. La veuve Xiao avait conservé les plus belles créations de son époux, ainsi que les instruments qu'il affectionnait. Il y avait là, exposés comme des œuvres d'art, des rabots, des limes, des marteaux, véritables reliques d'un bonheur à jamais enfui.

– Je ne vois pas d'outils tranchants, nota le magistrat. Votre mari devait bien en utiliser, dans son métier ?

Elle répondit qu'elle les avait tous jetés. C'était avec l'un d'eux qu'il s'était tué, leur vue la faisait trop souffrir. Elle réprima un sanglot. Ti ne put s'empêcher de ressentir une grande compassion envers un si terrible malheur. Un artisan courageux et intègre avait été poussé au désespoir par l'avidité d'un banquier implacable et sans cœur. Il vida le bol d'alcool aux herbes – beaucoup moins mauvais que ce qu'il avait craint – et la pria de se rendre au tribunal pour l'audience du lendemain matin : il comptait établir les circonstances de l'assassinat et disculper son défunt mari de toute charge. Elle l'en remercia comme il convenait, bien qu'il sentît qu'elle n'attendait plus aucun secours des hommes ni de leur justice.

Ti fit annoncer que l'audience serait consacrée à la résolution du meurtre commis en place publique par l'homme-requin. Les crieurs appointés par le tribunal répandirent dès l'aube son appel à témoins. Tous ceux qui avaient quelque chose à dire sur cette affaire devaient se présenter au yamen.

Il y avait foule lorsqu'il jeta un coup d'œil par l'échancrure du rideau qui séparait son cabinet de la salle. Les scribes n'avaient enregistré qu'une vingtaine de volontaires. Mais, entre ceux-ci et les curieux, cela faisait du monde. Ti aperçut même, au fond de la salle, un gamin d'environ huit ans, qu'un adulte avait fait monter sur ses épaules pour lui permettre de voir l'estrade. « Ils se croient à un spectacle d'ombres chinoises, ma parole ! » se dit-il.

Le juge prit place dans son fauteuil et entendit le premier témoin. Celui-ci avait vu la même chose que tout le monde : un bonhomme sous un masque de requin poignardant un passant au hasard. Ti pria ceux qui n'avaient rien à ajouter de se taire. Un autre citadin vint déclarer que cette présentation des faits était erronée : il était prêt à jurer avoir vu un homme-requin véritable se jeter sur sa proie, la gueule grande ouverte. Une grande partie de l'auditoire adhérait à cette version, ce qu'elle manifesta par de bruyantes rumeurs. On ne savait plus trop où l'on en était du mythe et de la réalité. Ti était bien décidé à ne pas perdre son temps en témoignages farfelus.

– L'un d'entre vous aurait-il un détail, si infime soit-il, sur cette créature ? Sa façon de marcher ? Son allure générale ? Ses actes jusqu'à l'instant fatal ?

L'enfant chuchota quelque chose à l'oreille de celui qui le portait. Une fois sur le sol, il se fraya un passage jusqu'au premier rang entre les jambes des curieux et leva la main pour demander la parole. Ti fit signe aux sbires qu'il n'était pas nécessaire de le faire agenouiller. Il était si petit que, s'il avait adopté la posture de rigueur, il aurait totalement disparu de l'autre côté de la table.

– Moi, j'ai entendu sa voix, dit le gamin.

– Très intéressant, répondit aimablement le magistrat. Et que t'a-t-il dit, le méchant requin ?

Le jeune garçon fronça les sourcils comme un enfant qui sent bien qu'on ne le croit pas.

– Il m'a dit « pardon » après m'avoir bousculé. Je m'étais approché pour toucher son déguisement et il ne m'avait pas vu à cause du masque avec les grandes dents. C'était bizarre.

– Qu'est-ce qui était bizarre ?

– Il n'avait pas du tout la voix d'un gros requin. Elle était aiguë, au contraire. Quand il m'a attrapé pour m'empêcher de tomber, j'ai vu sa main. Je pensais qu'elle serait pleine de griffes. Mais pas du tout. Elle était petite et ronde.

Ti remercia intérieurement Confucius de lui avoir procuré la confirmation de ce qu'il pressentait depuis la veille. Il avait fallu l'intercession d'un enfant pour qu'une bribe de vérité et de raison pénètre enfin dans ce tribunal, en dépit des naïfs et des illuminés qui l'encombraient.

Il fit approcher la veuve de Xiao Tong. Elle était mince, sèche, et la tristesse dans laquelle elle vivait depuis un an n'agrémentait en rien son physique ingrat. Elle avait revêtu pour l'occasion la robe de deuil d'un blanc immaculé qu'elle devait mettre pour se rendre sur le tumulus de son mari, dans le bosquet du sud.

– Je vous demande pardon de vous déranger dans des circonstances aussi dramatiques, dit le magistrat avec une politesse exagérée.

Cet excès d'urbanité, qui ne correspondait pas à leur différence de statut social, mit la veuve mal à l'aise.

– Votre Excellence n'a pas à s'excuser, répondit-elle. C'est moi qui lui demande pardon.

– Comment ? fit Ti comme s'il n'avait pas entendu. Parlez plus fort, je vous prie.

– Je dis que c'est moi qui vous demande pardon ! répéta la veuve beaucoup plus haut.

Ti se tourna vers l'enfant.

– Est-ce là la voix que tu as entendue ? demanda-t-il.

– C'était une voix comme celle-là, noble juge, répondit le jeune garçon.

Le juge Ti estima qu'il en avait assez entendu.

– Veuve Xiao, dit-il, je vous accuse d'avoir assassiné un usurier en pleine fête de réconciliation avec les créatures infernales. C'est non seulement un crime contre la loi, mais aussi contre la religion et contre l'ordre public.

L'assistance, qui ne pouvait voir le visage de la veuve, laquelle se tenait face au magistrat, se demandait ouvertement si ce dernier n'avait pas perdu l'esprit. Il y avait loin, du requin maléfique que tout le monde avait vu attaquer un badaud, à cette digne veuve drapée dans sa douleur. Elle seule fixait sur lui des yeux dont l'impassibilité disait trop bien qu'elle possédait la force d'accomplir un tel geste. Il entreprit de reconstituer les faits.

– Vêtue des habits de votre mari, les cheveux cachés sous un bonnet d'artisan, vous vous êtes présentée au temple sous son nom et avez endossé le costume d'homme-requin. Dès que l'occasion s'est présentée, vous avez poignardé celui que vous jugiez responsable de votre malheur et vous êtes facilement échappée, nul n'ayant le courage de pourchasser un esprit. Quand je suis arrivé chez vous, ce soir-là, je vous ai trouvée en robe de nuit, comme si vous veniez de vous réveiller. Pourtant vous portiez aux pieds une paire de bottes que vous aviez oublié d'ôter dans l'émotion. Est-ce bien cela ?

– Absolument pas, répondit la veuve Xiao d'une voix calme. Je suis innocente de tout ce que Votre Excellence vient de dire.

– Dans ce cas, nous nous passerons de votre participation, répondit le magistrat, tout aussi placide. Y a-t-il parmi vous un artisan en bois ?

Le second témoin, celui qui avait affirmé avoir vu un vrai homme-requin assaillir sa victime, fit un pas en avant. Ti aurait préféré un expert à l'imagination moins fertile, mais il se contenta de celui que Confucius lui envoyait. Il prit sur sa table le poignard retiré de la poitrine de l'usurier et le lui fit passer.

– S'agit-il d'un outil qu'on utilise dans ton métier ?

L'homme confirma sans hésitation :

– Ce couteau sert à affiner les courbes. D'où sa forme en arc de cercle. J'en ai un tout pareil à la maison.

Ti réclama cette fois son vérificateur des décès. Le médecin s'approcha, très intrigué. À lui aussi, il montra le couteau :

– Je remarque que cette lame est crantée. Pouvez-vous me dire si elle a pu laisser des marques particulières dans la plaie infligée à la victime ?

Le contrôleur des décès répondit que la plaie aurait la même largeur et que, surtout, la lame aurait forcément fait des éraflures caractéristiques sur les côtes en pénétrant dans la cage thoracique.

– Bien, conclut le juge. Dans ce cas, j'ordonne l'exhumation du défunt Xiao Tong, sculpteur de bois, afin d'établir par l'examen de ses côtes qu'il s'est bien tué avec la même arme dont s'est servi l'assassin déguisé en homme-requin. Une fois la comparaison établie, il vous sera difficile de nier plus longtemps, ajouta-t-il à l'intention de la veuve.

Celle-ci manqua défaillir à l'idée de voir les restes de son cher mari arrachés à sa dernière demeure pour une exhibition honteuse dans les antres du yamen. Son visage exprima un profond chagrin. Des larmes se mirent à couler sur ses joues pâles et plates.

– Je supplie Votre Excellence de ne pas infliger une telle humiliation à mon malheureux époux, dit-elle à mi-voix. Il a déjà bien trop souffert de son vivant. Puisque le résultat de cette expérience doit démontrer ma culpabilité, je préfère me dénoncer tout de suite.

Elle releva la tête dans un sursaut de fierté.

– Oui, c'est bien moi qui ai eu le courage de venger mon pauvre Tong. Pas un instant, depuis sa mort, je n'ai vécu en paix. J'aurais dû aller tuer cet usurier tout de suite, mais j'avais peur de finir sous la hache du bourreau, et je me méprisais pour cela. Quand j'ai appris qu'on cherchait des gens pour mimer les créatures de l'au-delà qui tourmentent notre ville, j'ai su que c'était un signe envoyé par mon mari depuis sa tombe. J'ai enfilé ses vêtements, j'ai pris le couteau avec lequel il s'est tué, et je me suis proposée pour incarner l'un des démons. J'ai choisi l'homme-requin à cause du masque, qui dissimulait entièrement mon visage. J'étais sûre de n'être pas soupçonnée, puisqu'on rechercherait un homme, voire un fantôme. Je ne regrette rien. Je m'aperçois maintenant que je crains moins le bourreau que le remords d'avoir laissé son assassin sur-vivre à mon époux.

Un terrible silence suivit ces propos. Ti devina que l'assistance l'aurait volontiers acquittée, hor-mis les usuriers, s'il s'en trouvait. La justice impé-riale des Tang avait hélas une autre façon de voir les choses. Il annonça qu'il l'inculpait de meurtre et transmettrait au ministère la sentence qui la condamnerait à périr sous les murs de Peng-lai, ainsi qu'une recommandation de circonstances atténuantes, étant donné que le crime avait été commis par obéis-sance aux « grandes vertus féminines[1] ». Cet alinéa allait réclamer un certain effort de présentation, l'assassinat ne figurant pas officiellement au nombre des vertus auxquelles il faisait allusion. La clémence des hauts fonctionnaires n'irait de toute façon pas plus loin qu'une dispense de tortures préalables.

Ti était d'autant plus sensible à ce cas que, selon la morale confucéenne dont l'étude avait constitué la plus grande part de son apprentissage, le devoir de vengeance devenait sacré lorsqu'un père avait été victime d'une mort injuste. Ses descendants ne pouvaient décemment accepter de « cohabiter sous le même ciel » que le meurtrier, et le vengeur du père pouvait être lavé de toute faute. L'affaire Xiao était assez proche de cet exemple pour toucher le magistrat, mais trop éloignée pour valoir un acquit-tement à la malheureuse.

---

1. Les quatre vertus féminines sont : la fidélité, le charme, un discours réservé et l'habileté aux travaux d'aiguille.

Il déclara que l'audience était close et se retira fort mal à l'aise.

— Je n'aime pas quand les assassins se mettent à être plus émouvants que leurs victimes, dit-il pour lui-même tandis qu'un valet lui ôtait sa robe d'apparat.

XVI

Le juge Ti ouvre une triste boîte à malice ; il rend un verdict inattendu.

Ti envoya un émissaire au siège du gouvernorat avertir Son Illustrissime Splendeur que ses statuettes avaient été récupérées, qu'elles étaient sous la surveillance du dieu tutélaire de Peng-lai et qu'on n'attendait qu'un ordre pour lui expédier le trésor.

Seule l'affaire du dragon *suanni* restait inexpliquée. Lors du déblaiement de la maison incendiée, on avait ramassé dans les décombres un coffret en métal fermé par un gros verrou. Une fois qu'on eut ôté la poussière de charbon dont il était recouvert, on vit qu'il était intact. C'était le seul bien du mage bouddhiste à être réchappé des flammes en assez bon état pour livrer un indice sur ce qui s'était passé. Ti réunit ses assistants et fit forcer la serrure devant lui. Il retira de la boîte une série de colifichets sans valeur, tous usagés, qui ne semblaient pas nécessiter qu'on les enfermât sous clé. Ses secrétaires, le devin et le prêtre taoïste furent aussi étonnés que lui. La chamane, en revanche, était embarrassée. Il l'interrogea du regard.

– Tous mes confrères ne sont pas aussi bien intentionnés que moi, dit-elle en choisissant ses mots avec soin. Certains ensorceleurs se font remettre un objet appartenant à la personne à qui l'on souhaite jeter un sort.

Les deux autres s'écartèrent d'un pas pour bien montrer qu'ils n'avaient rien de commun avec cette engeance.

Le barbier avait prétendu avoir vendu le dragon à une femme. Seuls trois articles du coffre entraient dans la catégorie des accessoires féminins : un éventail en papier, un peigne ornemental et un mouchoir marqué des caractères « Yaofang » signifiant « fragrance de jaspe ». Rien de tout cela ne menait directement au meurtrier. Aussi Ti endossa-t-il une tenue discrète pour aller enquêter dans le quartier du mage, non sans avoir fourré à tout hasard les trois objets dans sa manche.

Le tas de gravats et de bois à moitié consumé avait déjà été dégagé. La place était nette, prête à recevoir les nouvelles poutres que des ouvriers ne tarderaient pas à élever. L'espace, à l'intérieur des murailles de Peng-lai, était compté. En cette période d'expansion insufflée à l'empire par le gouvernement judicieux des souverains Tang, une ville portuaire comme celle-ci avait besoin de toutes les ressources disponibles. Une autre famille, un autre commerce remplaceraient bientôt l'échoppe maudite du jeteur de sort, dont le souvenir s'effacerait aussi vite que s'étaient effondrés ses murs.

Ti remarqua plusieurs vieilles dames assises sur un banc. Elles reprisaient des vêtements tout en échangeant des commentaires sur les travaux en cours. Il y avait fort à parier qu'il s'agissait là d'une occupation quotidienne. Aussi alla-t-il leur demander si elles connaissaient les clientes régulières du bouddhiste. Flattées de se voir consultées par leur sous-préfet, les pipelettes lui indiquèrent une série de noms et d'adresses.

Ti entama donc la tournée des illuminées. Il ne s'était pas douté qu'il y eût tant de femmes pour qui la consultation des esprits était une véritable drogue.

La première chez qui il se rendit avait dans les bras un bébé emmailloté. Dès qu'il eut mentionné le nom du mage, elle sortit sur le pas de sa porte et referma sans bruit derrière elle. À mi-voix, elle jura qu'elle n'avait eu qu'à se louer de ce que cet homme avait fait pour elle, et que son fils tant attendu était bien de son mari, contrairement à ce que prétendaient les mauvaises langues. Ti jugea inutile de poursuivre l'interrogatoire, certain qu'elle n'aurait pas attenté aux jours du véritable père de son enfant.

La suivante se déclara elle aussi enchantée des services du magicien, dont l'art lui avait permis d'exaucer ses plus chers désirs. Le juge aperçut derrière elle un autel familial où l'on avait installé une tablette votive toute neuve, gravée de la mention « À ma belle-mère si tôt disparue », ce qui lui fit froid dans le dos.

La troisième était elle-même une sorcière. Il pénétra dans son échoppe en plein milieu d'une consultation. Elle interrogeait l'âme d'un défunt pour le

233

compte de sa veuve, qui n'avait qu'une idée en tête : apprendre où son mari avait caché leur argent avant de succomber de façon inopinée. Par la voix de la devineresse, le mort reprochait à la cliente d'avoir trahi son serment de fidélité en se remariant deux mois seulement après les funérailles. Il accepta finalement de livrer une indication sur l'emplacement du magot, en échange d'une promesse de voir sa mémoire honorée comme il convenait.

— Ah, les querelles de couples, noble juge ! dit la sorcière, une fois la dame partie. Quelle plaie !

La curiosité du magistrat était piquée. Il demanda si la veuve allait retrouver son argent.

— Votre Excellence n'est pas venue pour m'insulter, je suppose ? répondit la voyante.

— J'imagine que vous connaissez déjà le but de ma visite ? rétorqua-t-il.

— J'interroge les trépassés, noble juge. Dès que Votre Excellence sera décédée, ses motivations n'auront plus de secret pour moi. Jusque-là, elles me restent impénétrables.

Elle non plus n'avait rien d'extraordinaire à lui révéler sur le mage, qu'elle fréquentait comme collègue. À la quatrième, il faillit abandonner. Elle le prit pour un collecteur de fonds venu réclamer une somme qu'elle devait apparemment au bouddhiste. Aussi lui claqua-t-elle la porte au nez avec des injures, avant de crier qu'elle n'hésiterait pas à ameuter le quartier s'il insistait.

La cinquième adresse l'envoya chez les sœurs Yang, qui habitaient une maison un peu plus cossue que les précédentes. C'était une résidence confortable mais sans prétention, typique de ceux qui s'étaient élevés au-dessus du petit peuple depuis une ou deux générations. Trois pavillons ouvraient sur une petite cour rectangulaire agrémentée de plantes en pots. La servante qui lui avait ouvert le conduisit au bâtiment central, où elle pénétra en clamant : « Maîtresse Zuo ! Il y a un visiteur pour vous ! »

Lorsqu'elle reparut, elle était accompagnée d'une dame d'une trentaine d'années, vêtue avec simplicité, coiffée sans grande recherche et à la mine fatiguée.

– Vous avez demandé à parler à mes belles-sœurs, dit-elle en s'inclinant très bas. Elles ne devraient pas tarder. Je serai honorée de vous tenir compagnie d'ici-là.

Après que Ti l'eut remerciée de son hospitalité, elle ordonna à la servante d'aller préparer le thé de bienvenue. Le juge avisa de longues sentences parallèles suspendues de part et d'autre des portes. Elles vantaient la patience et exaltaient l'espérance en un avenir meilleur.

Son hôtesse le fit asseoir et lui servit une tasse de thé, après quoi elle se tint debout de l'autre côté de la table, les mains poliment jointes sur le devant de sa robe. Ti consulta le bout de papier sur lequel il avait noté les renseignements livrés par les tricoteuses.

– J'ai ouï dire que deux dames de cette maison, les sœurs Yang, fréquentent régulièrement le mage Shan. Savez-vous pour quelle raison ?

Dame Zuo répondit qu'elle ignorait totalement le motif de ces consultations. Peut-être désiraient-elles savoir si l'absence de leur frère s'achèverait bientôt et si ses affaires connaîtraient un développement favorable.

Le juge Ti opina du chef. « Elles ne se parlent pas beaucoup », se dit-il en sirotant le breuvage rouge encore brûlant. Faute de pouvoir d'ores et déjà interroger celles qu'il était venu voir, il entretint la conversation pour passer le temps.

– Vous avez recueilli vos belles-sœurs après leur veuvage, je suppose ?

Dame Zuo expliqua qu'elles n'avaient *hélas* jamais été mariées. Ce mot, « hélas », suffit à indiquer au juge le genre de rapport qu'entretenaient ces trois femmes forcées de cohabiter. Les dames Yang n'avaient pas d'autre famille et en étaient réduites à vivre chez leur frère en parentes pauvres, sous l'autorité de leur belle-sœur, à qui elles ne devaient pas faciliter la vie.

– Je suppose que ce mage leur a prédit une amélioration de leur condition, dit-il, bien qu'il ne vît guère comment la situation de ces deux femmes d'âge mûr pouvait s'améliorer.

Une autre explication lui vint à l'esprit. Il demanda si M. Yang était absent depuis longtemps.

– Oh, oui, noble juge ! répondit dame Zuo avec un regret évident. Ses affaires l'obligent à séjourner à la capitale. Il m'envoie ses économies pour que j'achète en son nom des terres cultivables autour de notre ville. Il compte se retirer comme propriétaire dès que possible.

Ti devina qu'elle aspirait au jour où elle pourrait reprendre une vie normale avec son époux. Une exclamation les fit sursauter.

– Fille perdue ! cria une voix rogue depuis l'entrée. Voilà que tu reçois des hommes en notre absence ! Notre pauvre Yihong sera fou de colère quand il le saura !

Deux femmes se tenaient sur le seuil. Elles n'auraient pas paru plus outrées si elles avaient surpris leur belle-sœur au lit avec le livreur de bois. Dame Zuo se hâta d'expliquer qu'il s'agissait de leur sous-préfet, à qui il n'était pas possible d'interdire l'entrée. Elles se radoucirent aussitôt et vinrent s'incliner devant lui avec componction. Ti eut la certitude qu'elles espionnaient leur parente, trop heureuses si elles pouvaient faire à leur frère un rapport négatif à son sujet.

– Eh bien, Yaofang ! dit l'autre sœur. À quoi penses-tu ? Tu n'as pas fait servir à Son Excellence les délicieux gâteaux que j'ai cuits hier soir !

Dame Zuo s'excusa : elle ignorait que sa belle-sœur avait préparé ces friandises. Ti fut certain que celle-ci s'était gardée de l'en informer pour ne pas avoir à lui en donner. Il tira de sa manche le mouchoir trouvé dans la cassette du mage et le laissa discrètement tomber sur le plancher. L'une des dames Yang le remarqua et se précipita pour le ramasser. Elle y jeta un coup d'œil et le brandit sous le nez de dame Zuo :

– Tu laisses traîner tes affaires partout, Yaofang !

– Notre noble visiteur ne va pas avoir une haute idée de notre ménage, vraiment ! renchérit la seconde.

À vrai dire, l'idée du noble visiteur était déjà faite. Il contempla le mouchoir que tenait à présent dame

Zuo et fit mine de s'extasier sur la qualité de sa bro-
derie.

– Mes épouses auraient plaisir à s'en faire coudre
de semblables.

– Permettez-moi de le leur offrir pour servir de
modèle, dit son hôtesse en le lui tendant à deux
mains comme il était d'usage.

Ti récupéra avec satisfaction sa pièce à conviction et la rangea avec soin dans l'ourlet de sa manche,
entre l'éventail et le peigne qui, eux, ne présentaient
plus le moindre intérêt.

Puisque celles que voulait voir le juge étaient
arrivées, dame Zuo prétexta une indisposition et
demanda la permission de se retirer. Ti nota qu'elle
n'avait pas l'air bien, en effet. Au premier signe
que leur fit le magistrat, les belles-sœurs s'installèrent
face à lui dans des fauteuils, ravies de prendre le thé
avec un si haut personnage.

– J'ai appris que votre frère faisait de fructueuses
affaires dans la capitale, dit ce dernier. J'imagine
que le moment de son retour est désormais tout
proche.

Les sœurs Yang arborèrent des mines contrariées.

– Hélas, noble juge, notre frère a commis une
grave erreur : il a confié ses intérêts à sa femme.
Nous ne parvenons pas à savoir ce qu'elle fait de
l'argent. Ce qui est certain, c'est qu'il s'est plaint
récemment des comptes qu'il avait reçus. Il commence à croire qu'elle distrait une partie des sommes
pour un usage mystérieux.

Elles laissèrent passer un silence éloquent. Ti se
garda bien d'ouvrir la bouche. Comme il ne disait

rien, elles échangèrent un regard entendu et l'aînée reprit :

– Nous sommes du même avis que lui. En fait, nous sommes convaincues qu'elle disperse notre fortune avec un soupirant. Nous avons écrit à Yihong qu'il devait revenir au plus tôt et la répudier pour mauvaise conduite. Nous serions bien à même d'acheter les terrains qu'il convoite, s'il acceptait de nous en charger !

Ti avait du mal à imaginer dame Zuo courant la prétantaine. Sa figure lasse témoignait plutôt de quelque tourment secret. L'idée qu'il commençait à nourrir à ce sujet rendait inutile de s'enquérir des raisons qu'avaient eues ces femmes de consulter le mage. Il se leva pour prendre congé.

– Je pense moi aussi qu'il se passe ici quelque chose d'offensant pour la morale, déclara-t-il. Je vous prie de vous présenter tout à l'heure à mon tribunal. Amenez votre belle-sœur. J'ai toujours plaisir à rendre à chacun ce qu'il mérite.

Elles furent étonnées et ravies de voir que leur discours avait porté. Elles allaient peut-être être débarrassées de dame Zuo plus vite que prévu, sans devoir affronter les atermoiements pénibles d'un frère trop tolérant envers sa traîtresse d'épouse. Elles le reconduisirent au portail et se répandirent en remerciements avant de refermer le vantail sur leur auguste visiteur.

Tandis qu'il se préparait pour l'audience du soir, Ti songea qu'il aurait pu régler cette affaire en privé.

Il lui semblait cependant qu'une démonstration publique servirait mieux le but qu'il poursuivait.

Dès que le gong eut résonné, une foule se rassembla de nouveau pour dénoncer au juge les nombreux phénomènes démoniaques dont la population se disait victime en cette fête des âmes affamées. C'était une véritable épidémie. Ti pria les plaignants de patienter et promit de leur donner à tous satisfaction avant la fin de la séance. Puis il ordonna aux sbires de faire approcher les trois femmes qu'il avait convoquées. Celles-ci s'agenouillèrent devant la table de justice pour entendre ce qu'il avait à leur dire.

– Dames Yang-l'aînée et Yang-la-cadette, déclara-t-il, je vous accuse d'avoir tenté de provoquer la mort de votre belle-sœur par ensorcellement.

Horriblement surprises, les intéressées se récrièrent. Il leva la main pour les faire taire et leur montra le morceau de tissu orné des caractères signifiant « Fragrance de Jaspe ».

– Le reconnaissez-vous ?

Toutes trois acquiescèrent.

– Ce mouchoir, qui appartient à dame Zuo Yao-fang, a été retrouvé dans le coffre où le magicien Shan rangeait les possessions de ceux sur qui il appelait les malédictions du bouddhisme. Il faut donc qu'il lui ait été remis par une personne qui voulait du mal à dame Zuo, une personne qui pouvait aisément se procurer l'un de ses biens personnels... Vous, mesdames !

Le désarroi visible des deux belles-sœurs ne leur permit pas de nier plus longtemps.

– Quand avez-vous commis cet acte infâme ? demanda Ti.

L'aînée répondit que cela ferait bientôt un an.

– Je remarque que la malédiction n'a pas entraîné le décès de dame Zuo. Ne vous êtes-vous pas plaintes au sorcier ? N'avez-vous pas voulu tirer vengeance de cette escroquerie ?

Elles eurent l'une et l'autre une expression des plus embarrassées.

– Peu après que nous avons payé ce Shan, notre belle-sœur s'est mise à dépérir, expliqua la cadette. Elle n'était pas alors telle que vous la voyez aujourd'hui, amaigrie, le teint blafard, les yeux cernés. Il nous a assuré lui avoir lancé un sort de mort lente. Comme nous voyions bien qu'elle souffrait, nous avons décidé de patienter.

Des exclamations outrées montèrent de l'assistance. Ti frappa la table de son marteau en bois rectangulaire.

– Dame Zuo, saviez-vous que vous étiez la victime d'un mauvais sort ?

Très émue, celle-ci murmura que non, si bas que seul le magistrat l'entendit.

– Oh, que si, vous le saviez, reprit-il. Je vous rappelle que le faux témoignage devant cette cour est puni de dix coups de bambous pour chaque mauvaise réponse. Allez-vous me dire la vérité, ou préférez-vous que je laisse à mes sbires le soin de vous délier la langue ?

Un coup d'œil aux sbires la persuada de changer de tactique.

241

– C'est inutile, noble juge. Je savais que mes belles-sœurs voulaient me faire mourir. Le magicien Shan est venu m'en informer discrètement, un jour que je faisais mes achats pour la cuisine. Il m'a prévenue que le sort lancé contre moi était irrévocable et que j'allais trépasser sous peu dans d'atroces souffrances.

Les dames Yang parurent tomber des nues. « L'immonde tortue[1] ! » grogna l'une d'elles entre ses dents.

– Et pourtant, vous êtes toujours vivante, comme nous pouvons tous le constater ! dit le juge en la désignant aux spectateurs compatissants. C'est très surprenant, après avoir été maudite par un sorcier si réputé. Peut-être jouissez-vous de pouvoirs supérieurs aux siens pour avoir contré un tel envoûtement ?

Elle répondit qu'elle n'en avait aucun. Elle était paralysée par la honte et par l'émotion. Ti décida d'expliquer lui-même la façon dont les événements s'étaient enchaînés.

– Voyez-vous, je connaissais ce Shan. C'était un escroc que j'ai été moi-même amené à condamner il y a peu et qui aurait dû finir ses jours sous la lame du bourreau. Vos belles-sœurs étaient sûres qu'il allait les débarrasser de vous, et vous en étiez certaine vous aussi. En fait, il était le seul à ne pas croire à l'efficacité de ses sortilèges ! Ce qu'il craignait, lui, c'était de devoir rendre l'argent quand

1. La tortue était décriée à cause de sa réputation selon laquelle elle s'accouplait avec des serpents.

les dames Yang auraient compris qu'elles avaient été abusées. Il a donc cherché une autre manœuvre. Quel marché vous a-t-il proposé ?

Dame Zuo prit une grande inspiration.

– Il a exigé que je le paye chaque mois sur l'argent envoyé par mon époux, avoua-t-elle. En échange, il s'engageait à renvoyer aux enfers, à chaque nouvelle lune, le démon qu'il avait lancé à mes trousses.

– Et voyez comme les choses arrivent, reprit le magistrat : en vous jetant dans ces tracas sans fin, il est parvenu à satisfaire vos belles-sœurs, qui vous voyaient décliner jour après jour sous l'effet de l'angoisse et du chagrin. Cela aurait pu être pire. J'ai ouï parler d'un cas où le sorcier avait lui-même tué sa victime pour justifier ses honoraires. Eh oui ! ajouta-t-il à l'intention du public, qui échangeait des commentaires scandalisés. Vous placez votre destinée entre les mains de gens dont vous ignorez la moralité : ne soyez pas étonnés qu'il n'en résulte rien de bon ! Tout cela est allé de mal en pis, n'est-ce pas ? demanda-t-il à dame Zuo.

Elle fit signe que oui tout en essuyant ses yeux du revers de ses larges manches.

– Mon mari a fini par s'énerver. Je ne parvenais pas à faire toutes les acquisitions dont il me chargeait. Mes belles-sœurs lui ont écrit que je dilapidais ses fonds pour mon plaisir et mes toilettes. Elles voulaient qu'il me répudie afin de devenir les maîtresses du foyer. Cela ne pouvait plus durer.

– C'est alors que vous avez commis une grande faute, dit le juge sur un timbre monocorde.

Dame Zuo se cacha le visage dans ses manches.

– Il y a quelques jours, reprit-il, vous avez acquis un objet destiné à la Couronne, ce qui est un crime de lèse-majesté impardonnable.

– J'avais entendu dire qu'on pouvait se procurer des statuettes qui vous débarrassaient de vos tourmenteurs. J'ai pris l'argent que j'avais préparé pour le mage et je me suis mise en quête de ces reliques. On m'a indiqué un entrepôt où j'ai pu rencontrer ceux qui les possédaient, et j'ai réussi à en acheter une. Je m'étais dit que, en le menaçant, le magicien continuerait à me préserver du mauvais sort sans rien me réclamer. Je suis allée le trouver comme chaque mois. Il était fébrile, il ne cessait de regarder la porte, comme s'il avait craint l'arrivée de quelqu'un. Il a exigé son argent avec plus de hargne que jamais. Quand je lui ai répondu que je ne voulais plus le payer, il m'a dit que ce n'était pas le moment, qu'il avait un besoin pressant de cette somme. J'ai sorti le dragon en céramique du sac où je l'avais enfermé et je l'ai brandi devant lui en clamant que cette bête le brûlerait de son souffle ardent s'il ne faisait pas ce que je voulais. Il s'est mis à rire ! Il a répliqué que son pouvoir était bien plus puissant que celui de ces figurines. Une flamme gigantesque s'est élevée dans la cheminée. Il m'a prévenue que les enfers venaient de s'ouvrir pour moi et que des diables surgiraient pour me prendre si je ne lui remettais pas ce dont nous étions convenus. J'étais perdue, désespérée, terrifiée à l'idée de subir les tourments éternels. J'avais utilisé tout ce qu'il me restait pour acheter le *suanni*, je n'avais plus rien.

Alors, perdue pour perdue, je l'ai poussé dans son feu de l'enfer. Sa robe s'est enflammée tout de suite.

Le juge Ti écoutait attentivement tout en lissant sa longue barbe noire. « Il aura renversé sur lui un peu de l'huile qui lui a servi à produire cet effet, se dit-il. Ce sont ses propres tours qui l'ont perdu. Il voulait de l'or pour soudoyer son gardien et s'enfuir. Il était prêt à tout pour l'obtenir. »

Dame Zuo avait les yeux écarquillés : elle revivait l'horreur de cette scène comme si elle se déroulait à nouveau.

– Il s'est mis à courir à travers la pièce en cherchant à éteindre les flammes. Mais, plus il s'agitait, plus elles le dévoraient. Le feu a pris de tous côtés. Quand je me suis enfuie, la pièce n'était déjà plus qu'un brasier.

Un silence consterné suivit ces mots. Les chuchotements recommencèrent bientôt. La moitié de l'assistance se demandait si ce n'était pas plutôt le *suanni* qui avait craché son feu mortel sur le mauvais bouddhiste.

Ti leva la main. Il allait délivrer son verdict.

– Pour avoir détourné un an durant les fonds envoyés par votre époux et trahi sa confiance, je vous condamne à recevoir quarante coups de bambou du gros calibre. Pour avoir jeté dans les flammes le magicien Shan et risqué de faire brûler tout le quartier, je vous condamne à être exhibée vingt jours durant à la porte de ce tribunal, où vous serez livrée à la vindicte populaire sous un panneau détaillant vos méfaits. Pour avoir acheté une statuette dont vous saviez pertinemment qu'elle avait été dérobée à notre illustrissime gouverneur, ce qui constitue du recel aggravé, je vous condamne à être vendue comme esclave au profit du Trésor. Cette sentence est exécutable immédiatement.

Il jeta sur le sol les fines tiges confirmant le nombre de coups que le bourreau allait appliquer sur-le-champ. Les belles-sœurs exultaient. Dame Zuo, en revanche, était sur le point de défaillir. Incapable de tenir à genoux, elle tomba sur son postérieur et un garde dut la rattraper pour l'empêcher de s'affaler sur le dallage. Ti reprit la parole :

– Cependant, comme les dames Yang vous ont poussée à commettre tous ces crimes par leur malignité et leurs persécutions, je considère qu'elles sont les véritables coupables de tout ce que je viens d'énoncer. Ce sont donc elles qui subiront la peine, chacune pour moitié.

Il fit signe au personnel de s'emparer des condamnées. Les deux sœurs, d'abord figées par l'effarement, devinrent enragées quand les sbires les empoignèrent. Ils ouvrirent les pans de leurs robes sous les lazzis de l'auditoire afin qu'elles reçoivent leur premier châtiment. Certains, dans l'assistance, se mirent à leur lancer des injures. D'autres criaient que Son Excellence s'était encore montrée trop clémente envers elles. Ti, rouge de colère, frappa plusieurs coups violents de son *tching-t'ang-mou*[1].

– Ne vous réjouissez pas ! rugit-il, furieux.

Les démonstrations de liesse s'éteignirent à l'instant. Il s'adressa directement à l'auditoire, fixant de

1. « Le bois qui met la crainte dans la salle ».

ses yeux furibonds tous ceux qui osaient croiser son regard.

– Ne dites pas que j'ai été trop clément ! Chacun de vous sera peut-être à leur place demain ou le mois prochain ! Voyez où vous mènent vos misérables haines, vos ressentiments, vos complots ridicules ! C'est vous, habitants de Peng-lai, qui êtes la source des calamités que nous avons eu à subir ces derniers jours ! Nul besoin de démons ou de fantômes : vos dissensions, vos perfidies, vos petitesses ont suffi à attirer sur nous tous le désordre et la confusion ! Que le triste sort des dames Yang vous serve de leçon !

Il déclara que les autres plaignants du jour pouvaient à présent s'avancer pour exposer leur cas. Nul n'osa se présenter.

– À la bonne heure ! Je ne veux plus entendre d'histoires de malédictions, d'ensorcellement ou de maisons hantées ! La célébration des âmes affamées se termine demain, et avec elle les histoires de démons et de spectres ! J'espère que vous m'avez compris ?

Le silence affligé qui suivit ne laissa aucun doute sur ce point.

XVII

Le juge Ti reconduit les créatures démoniaques aux enfers ; d'autres surgissent le lendemain.

Les trois conseillers spéciaux du magistrat s'empressèrent de le féliciter sur sa clairvoyance. Ils le firent avec d'autant plus d'ardeur que sa mise en garde contre la superstition et ceux qui en vivaient les inquiétait un peu. Encore tout à sa colère, il se laissa rhabiller sans leur jeter un regard.

– Le mandarin ne rougit pas de frapper son peuple, le père ne rougit pas de frapper son fils, conclut le taoïste.

– Ce magicien Shan était vraiment une calamité, répondit le juge. Croirez-vous qu'il a poussé l'impudence jusqu'à m'assurer que l'un d'entre vous était un *yiren*, un être né d'une bête ?

Des mines gênées accueillirent ces propos. Le maître du Yi-king rougit jusqu'aux oreilles. On voyait bien à l'attitude des deux autres qu'ils étaient au courant de cette rumeur et y croyaient. Le prêtre se décida à dissiper le malentendu :

– Notre ami ici présent a effectivement la réputation d'être le fils d'une femme-renarde, tout le
monde le sait, il n'est pas besoin d'être un mage
bouddhiste pour l'affirmer. D'ailleurs, les chiens
aboient après lui comme ils le font après les renards !

– Le prochain qui me dénonce un monstre, je le
fais fouetter, répliqua Ti en posant sur sa tête un
bonnet tout simple au lieu de celui à ailettes.

– C'est la vérité, noble juge, admit le devin, penaud.
Mon père a épousé une femme qui n'était pas d'ici
et qui a mystérieusement disparu, quelque temps
après ma naissance. Il y avait chez nous une servante qui a juré l'avoir vue à maintes reprises rentrer nue, les nuits de pleine lune, après avoir couru
dans la forêt sous sa fourrure de renarde.

Ti le contempla avec consternation. Sa mère avait
dû s'enfuir avec un homme tout ce qu'il y a de plus
commun. Quelqu'un avait dû inventer cette histoire,
qui s'était répandue comme une traînée de poudre.
Par ailleurs, le père avait peut-être préféré passer
pour la victime d'un esprit de la forêt plutôt que
pour un banal cocu.

– Ça m'a gâché la vie, noble juge, reprit le devin
avec une expression d'une infinie tristesse. On m'a
toujours embêté avec ça, depuis tout petit. Mes cama-
rades de jeu me traitaient de demi-renard et leurs
parents refusaient de me laisser entrer chez eux, de
crainte que je n'attire l'attention des créatures de
ma race.

Ti supposa qu'il y avait bien de quoi sombrer dans
l'alcoolisme.

– Pourtant, reprit le demi-renard, rien ne saurait être totalement mauvais. C'est de mon ascendance surnaturelle que je tiens mon don de divination, plus que de l'étude du Yi-king. J'ai aussi hérité de ma mère renarde la grâce irréelle qui enveloppe chacun de mes gestes.

Le juge et les deux autres firent un effort pour dissimuler leurs expressions dubitatives quant à la prétendue grâce irréelle dont il se croyait doté. Il se fit un lourd silence, que le *yiren* rompit lui-même :

– La divination sert à lever les doutes, mais à quoi servirait la divination si l'on n'avait aucun doute ?

– Ah, vous n'allez pas vous y mettre, vous aussi ! s'écria Ti, soucieux de contenir l'invasion des maximes taoïstes.

On était arrivé au quinzième jour de la septième lune. Ce soir-là devaient se tenir les célébrations qui mettraient un terme à l'errance des âmes affamées dans le monde des mortels. Elles coïncidaient fort heureusement avec la conclusion de l'enquête. Ti résolut d'y assister afin de vérifier que tout se déroulait sans incident et que la population était prête à tourner la page.

Le moindre temple de la ville était ouvert en grand pour le *zhong yuan jie*, la fête du milieu de l'année. De nouveaux banquets *pudus*[1] avaient été préparés au milieu des offrandes et des fumées d'encens. La population se pressait en masse devant les autels

1. De *pu*, « générale », et *du*, « traversée » : rite de délivrance.

pour y prier afin d'expier les péchés des parents disparus et d'implorer le pardon des trépassés. Ayant enfin reçu un culte, les esprits orphelins et les fantômes sauvages allaient connaître le repos. Depuis le début du mois, la nature trop yin des âmes errantes, préjudiciable à la santé des gens, avait empêché la tenue des mariages, des déménagements et des autres événements importants. La vie allait pouvoir reprendre.

Le juge assista tout d'abord, sur la plus grande place de Peng-lai, à un spectacle du répertoire traditionnel, donné par une troupe d'opéra pour la distraction des vivants comme des morts. Puis, au crépuscule, on se transporta en cortège jusqu'à la rivière, où les enfants mirent des lanternes à flotter au fil de l'eau.

Des prêtres et moines de toutes les religions se rassemblèrent, chacun portant les emblèmes de son temple : des cymbales, des tambours ou des cornes. Ils déclarèrent leur intention de persuader les spectres d'abandonner le mal et de les initier au bien, puis commencèrent à jouer de leurs instruments. Le grand prêtre de Lao Tseu désignait du doigt les souffles vitaux des spectres et forçait ces derniers à rentrer dans le droit chemin à coups de poing et de pied dans leur postérieur invisible.

Sur des plateaux avaient été disposées de petites galettes rondes, empilées en spirale. Tandis que les bouddhistes récitaient leurs soutras, le taoïste sema les gâteaux pour que les spectres puissent s'en repaître. Lorsqu'on estima qu'ils avaient assez mangé, on mit le feu à cinq autels sur lesquels avaient été placés des banderoles funèbres et de faux lingots d'or découpés dans du papier jaune, pour que les âmes aient de quoi dépenser sur le chemin du retour. La cérémonie touchait à son apothéose. Tambours et cuivres sonnèrent ensemble alors que les formules magiques montaient au ciel, proclamant la puissance illimitée des trois religions réunies.

Les assistants du grand prêtre surgirent en brandissant un long pantin à face bleue grimaçante dont la bouche crachait des flammes. C'était le chef des innocents morts de faim, qui vivaient par milliers dans une ville des enfers. Il vomissait du feu pour éclairer la porte des domaines d'outre-tombe. Les flammes des brasiers teintaient la rivière de rouge. Une barque s'illumina. Elle était suffisamment large pour contenir tous les objets de sacrifice, les livres de soutras et les spectres bien nourris, aux poches pleines d'argent et de présents, enfin prêts à s'en aller. Sur l'eau, les lanternes de lotus brillaient comme de petites étoiles pour les guider. Le navire emporta les voyageurs de l'au-delà vers la rive opposée, où ils trouveraient le chemin des abîmes. Des pétards explosèrent pour saluer leur départ sans retour.

Il était d'usage, pour clore la cérémonie, qu'un taoïste, un moine ou un acteur exécute avec une épée la danse de Zhong Kui, le dieu pourfendeur de démons, afin de chasser les fantômes qui se seraient attardés. La vue de cette danse était réputée préjudiciable à la santé ; on informa la foule qu'elle devait se retirer.

– Fort bien, dit le juge en se rasseyant sur le fauteuil pliant apporté à son intention. Je n'ai jamais assisté à cette démonstration.

L'astrologue lui recommanda de rentrer en ville, lui aussi, à cause du yin qui allait imprégner les lieux sous peu.

– Et vous, vous ne vous en allez pas ? demanda Ti.

– Je suis protégé par ma pratique quotidienne du Tao, répondit le prêtre avec fatuité.

– Et moi par celle de la sagesse confucéenne, répondit le magistrat en se calant contre ses coussins.

Le taoïste estima le moment propice à la conversion du magistrat :

– Votre Excellence devrait s'ouvrir à la réalité des puissances ténébreuses. Il faut bien les connaître si l'on veut les combattre. C'est là l'un des grands enseignements dispensés par ma religion.

Ti se mit à lisser les longs poils de sa moustache.

– Une nuit, deux hommes marchaient sur un chemin qui traversait une forêt obscure, dans une montagne reculée, récita-t-il. L'un était aveugle et l'autre le guidait. Au détour de sombres fourrés, un démon se dressa soudain devant eux. Celui qui voyait fut terrorisé. L'aveugle, en revanche, n'éprouva pas la moindre crainte, et ce fut lui, l'infirme, qui conduisit son ami en lieu sûr.

– Très joli, noble juge ! s'extasia l'astrologue en connaisseur. C'est de vous ?

– Non, c'est de Confucius. On apprend cela au cours des études classiques. Je suis cet aveugle qui ne voit pas les démons. C'est ce qui me permet de secourir ceux à qui ces créatures font perdre la tête. J'ai aussi mon utilité, vous voyez !

Il continua de contempler la danse du sabre d'un œil satisfait. Le prêtre comprit que la conversion espérée ne serait pas encore pour ce jour-là.

Ti prenait sa collation du matin quand un serviteur très alarmé vint l'avertir que des soldats avaient envahi à l'aube le champ de l'ouest. Ils étaient en train de défoncer les portes des tombeaux antiques et entassaient le mobilier funéraire sur des charrettes. Le juge se hâta de s'habiller pour aller voir ce dont il retournait.

Il allait quitter ses appartements quand un officier de la garnison lui présenta l'ordre écrit de lui remettre les trésors conservés dans sa prison. Le message portait l'emblème du gouvernorat. Il y avait aussi une lettre à son attention. Ti brisa le carré de cire qui la fermait et lut.

« Je vous suis fort obligé d'avoir dissipé cette ridicule rumeur de malédiction qui a retardé le sauvetage des chefs-d'œuvre découverts dans le sous-sol de votre district.

» J'ai réquisitionné la garnison de Peng-lai pour en ôter tout ce qu'elle y trouvera. Je sais que nos Chinois sont très honnêtes, et pour ne pas risquer d'abîmer cette belle réputation j'ai souhaité hâter les opérations, qui s'effectueront avec tout le respect dû à nos grands ancêtres.

Je ne manquerai pas de vanter vos mérites à Chang-an lorsque je m'y rendrai, le mois prochain, pour assister à l'audience que Leurs Majestés ont eu la bonté de m'accorder. »

Ti n'en croyait pas ses yeux. Après qu'on avait fait tout un fromage de la profanation des tombes, les militaires piétinaient les sanctuaires et se livraient à un pillage éhonté, comme s'il s'agissait de butins de guerre. L'impératrice allait recevoir ses précieux bronzes, nul doute que Son Illustrissime Splendeur saurait cueillir les fruits de sa flagornerie, et il serait le seul, lui, humble juge provincial, à ne rien retirer de ses mérites.

Ses épouses le rejoignirent en robe de nuit. Des servantes leur avaient relaté à leur réveil le remue-ménage causé par la soldatesque. Il leur montra la lettre.

– C'est merveilleux ! s'exclama sa Première. Ni Houan-tché va parler de vous au ministère en passant par-dessus le préfet ! Nous pouvons être sûrs que votre prochaine affection nous conduira tout près de la capitale !

Ti fit mine de se réjouir, lui aussi, pour ne pas gâcher leur enthousiasme. Il était peu probable, cependant, que le gouverneur raconte les efforts déployés par ce petit magistrat de district autrement que pour donner à rire de la crédulité populaire.

Il termina son repas sans ajouter un mot. Il n'y avait jamais eu qu'une seule malédiction, dans cette ville : c'était la bêtise, la méchanceté et l'opportunisme de ses habitants. Son seul réconfort était d'être parvenu à imposer une interprétation *fei jing*[1] des événements. Il se remémora l'une des maximes de son astrologue : « Là où il y a des montagnes, il y a de l'eau ; là où il y a des hommes, il y a des démons. » Il partageait à présent tout à fait cette idée. Il comprenait mieux que jamais comment naissaient les anecdotes sur les méfaits des créatures venues de l'au-delà : il suffisait d'observer celles qui peuplaient notre monde ! Quel besoin avait-on de statuettes à l'effigie des divinités impitoyables ? Leur bonne ville fourmillait de femmes-renardes, d'hommes-requins, de goules *wangliang* et de zombies *jiangshi*. Il suffisait d'ouvrir les yeux pour les voir traverser les rues, médire d'autrui au coin des temples ou proposer leur camelote sur les étals.

Oui, décidément, il y avait un fond de sagesse dans ces formules toutes faites. Une autre lui vint à l'esprit : « Les tours joués par les spectres de la montagne sont sans limites, mais l'indifférence du vieux moine est infinie. » Il se sentit une parenté très nette avec ce vieux moine. Comme lui, il devait se garder des mensonges répandus par les hommes et, surtout, il ne devait pas s'attendre à voir ses actions récompensées de son vivant, sinon par la satisfaction du travail accompli.

Il sirota le reste de la théière en attendant qu'une nouvelle calamité comme en produit toute société humaine vienne donner un sens à son existence.

---

1. Orthodoxe du point de vue de la moralité confucéenne, qui exclut le surnaturel des préoccupations d'un lettré digne de ce nom.

Carrière du juge Ti Jen-Tsie

630   Naissance à T'ai-yuan, capitale de la province du Chan-si. Il y passe ses examens provinciaux.

650   Son père est nommé conseiller impérial à la capitale, où la famille vient habiter. Ti devient son assistant. Ses parents lui font épouser la fille d'un haut fonctionnaire du même rang, dame Lin Erma. Après avoir passé son doctorat, Ti devient secrétaire aux Archives impériales et se choisit une seconde épouse. Une enquête aux Archives, vers l'an 660, lui donne envie de postuler pour une carrière en province. Sa véritable motivation est d'échapper à l'emprise pesante de ses parents, chez qui il logeait jusqu'alors.

663   Ti devient magistrat de Peng-lai, petite ville côtière du Nord-Est, non loin de l'embouchure du fleuve Jaune. Il épouse sa troisième compagne, fille d'un poète défunt.

664   *Dix petits démons chinois.* En pleine fête traditionnelle des fantômes et durant une

visite du gouverneur de la province, dix statuettes représentant des divinités maléfiques sont découvertes dans un tombeau antique. Elles sont dérobées le lendemain et chacune d'elles est par la suite retrouvée sur les lieux d'un meurtre. Ti doit à la fois découvrir la raison de cette vague meurtrière et rassurer sa population, convaincue que des démons se sont échappés des enfers. *La Nuit des juges*. Ti est convoqué à la préfecture de Pien-fou, agréable cité balnéaire briguée par tous ses collègues. Il est appelé à résoudre l'énigme posée par l'assassinat du magistrat local.

666   Ti est nommé à Han-yuan, ville située au bord d'un lac, au nord-ouest de la capitale. *Madame Ti mène l'enquête*. Immobilisé par une jambe cassée, il laisse sa première épouse l'aider à élucider l'origine d'une momie retrouvée dans la forêt, ainsi que celle d'un squelette déterré dans le jardin d'un peintre mondain.

667   *L'Art délicat du deuil*. Ti est confronté à une épidémie mystérieuse qui afflige ses administrés.

668   Le juge Ti est nommé à Pou-yang, florissante cité sur le Grand Canal impérial qui traverse l'empire du nord au sud. *Le Château du lac Tchou-an*. Alors qu'il est en route pour prendre son poste, une inondation le force à s'arrêter quelques jours dans un domaine où un corps flottant sur

l'eau semble lui enjoindre de punir son meurtrier. *Le Palais des courtisanes*. Au printemps, Ti doit élucider l'affaire du corps sans tête trouvé dans une maison de passe pour riches bourgeois.

669   *Petits meurtres entre moines*. Le juge Ti séjourne dans un monastère taoïste et envoie madame Première faire retraite dans un couvent de nonnes bouddhistes. Une série de morts suspectes se produit parmi les religieux.

676   Ti est magistrat de Pei-tcheou, à l'extrême nord de l'empire, une région très influencée par la culture mongole. *Mort d'un maître de go*. Au cours d'une tournée de collecte d'impôt dans les montagnes de son district, il séjourne dans une petite ville fortifiée gouvernée par un seigneur féodal dont ce jeu est la seule passion.

677   Ti est nommé magistrat à la Cour métropolitaine de justice de Chang-an. *Mort d'un cuisinier chinois*. Alors qu'il attend sa nouvelle affectation, il se voit confier une enquête dans les cuisines du palais impérial, dont dépend la vie d'une centaine de cuisiniers.

680   Il devient ministre de l'impératrice Wu.

700   Devenu duc de Liang, Ti s'éteint à Chang-an dans sa soixante-dixième année.

Les Nouvelles Enquêtes du juge Ti, vol. 1
Le Château du lac Tchou-An
Fayard, 2004
et « Points Policier », n° P1541

Les Nouvelles Enquêtes du juge Ti, vol. 2
La Nuit des juges
Fayard, 2004
et « Points Policier », n° P1542

Les Nouvelles Enquêtes du juge Ti, vol. 3
Le Palais des courtisanes
Fayard, 2004
et « Points Policier », n° P1600

Les Nouvelles Enquêtes du juge Ti, vol.4
Petits meurtres entre moines
Fayard, 2004
et « Points », n° P1832

Les Nouvelles Enquêtes du juge Ti, vol.5
Madame Ti mène l'enquête
Fayard, 2005
et « Points », n° P1833

Les Nouvelles Enquêtes du juge Ti, vol.6
Mort d'un cuisinier chinois
Fayard, 2005
et « Points », n° P2044

Les Nouvelles Enquêtes du juge Ti, vol.7
L'Art délicat du deuil
Fayard, 2006
et « Points », n° P2288

Les Nouvelles Enquêtes du juge Ti, vol. 8
Mort d'un maître de go
Fayard, 2006
et « Points », n° P2457

Les Nouvelles Enquêtes du juge Ti, vol. 10
Médecine chinoise à l'usage des assassins
Fayard, 2007

Les Nouvelles Enquêtes du juge Ti, vol. 11
Guide de survie d'un juge en Chine
Fayard, 2008

Les Nouvelles Enquêtes du juge Ti, vol. 12
Panique sur la Grande Muraille
Fayard, 2008

Les Nouvelles Enquêtes du juge Ti, vol. 13
Le Mystère du jardin chinois
Fayard, 2009

Les Nouvelles Enquêtes du juge Ti, vol. 14
Diplomatie en kimono
Fayard, 2009

Les Nouvelles Enquêtes du juge Ti, vol. 15
Thé vert et arsenic
Fayard, 2010

Les Nouvelles Enquêtes du juge Ti, vol. 16
Un Chinois ne ment jamais
Fayard, 2010

Voltaire mène l'enquête
La baronne meurt à cinq heures
Lattès, 2011

JEUNESSE

La Nuit de toutes les couleurs
(en collaboration avec Émilie Chollat)
Milan, 1999

Une histoire à dormir debout
(en collaboration avec Gwen Kéraval)
Milan, 1999, 2008

Petit lapin a disparu
(en collaboration avec Isabelle Chatelard)
Milan, 2000, 2009

Je m'envole
(en collaboration avec Olivier Latick)
Milan, 2000

L'Orphelin de la Bastille, vol. 1
Milan, 2002

L'Orphelin de la Bastille, vol. 2
Révolution !
Milan, 2003

L'Orphelin de la Bastille, vol. 3
La Grande Peur
Milan, 2004

L'Orphelin de la Bastille, vol. 4
Les Derniers Jours de Versailles
Milan, 2005

La Princesse météo
(en collaboration avec Frédéric Pillot)
Milan, 2005, 2007

L'Orphelin de la Bastille, vol. 5
Les Savants de la Révolution
Milan, 2006

RÉALISATION : NORD COMPO À VILLENEUVE-D'ASCQ
IMPRESSION : CPI BRODARD ET TAUPIN À LA FLÈCHE
DÉPÔT LÉGAL : MARS 2011. N° 104567 (62223)
IMPRIMÉ EN FRANCE

De soie et de sang
Qiu Xiaolong

Impossible d'étouffer l'affaire : la deuxième victime a été trouvée ce matin, en plein centre-ville. Même mise en scène que pour la première : robe de soie rouge, pieds nus, jupe relevée, pas de sous-vêtement. Le tueur signe son œuvre avec audace et la presse s'en régale. C'est ce qui inquiète l'inspecteur Chen : pour s'exposer si dangereusement, le coupable doit avoir un plan diabolique...

« Aussi désopilant qu'intelligent, De soie et de sang *dresse un portrait sans concession de la Chine contemporaine. Passionnant. »*

Marianne

Les brumes du passé
Leonardo Padura

Mario Conde, ancien policier reconverti dans la vente de livres rares, trouve un vieil article sur la «Dame de la Nuit», célèbre chanteuse disparue cinquante ans plus tôt. Qui était cette femme au visage étrangement familier? À l'heure où son pays connaît la famine, l'enquête de Mario fait resurgir l'époque glorieuse où La Havane éclipsait New York et Paris, où Cuba régnait sur le monde de la nuit...

Prix Brigada 21 du meilleur roman noir

«On se croirait dans un roman noir à la James Ellroy...»
Le Point

Le Cantique des innocents
Donna Leon

Des carabiniers agressent un pédiatre en pleine nuit pour lui enlever son fils de dix-huit mois : Venise est sous le choc. Puis les langues se délient : certains crient au scandale, d'autres soupçonnent la découverte d'un réseau de trafic d'enfants. Un vent de délation envahit la lagune... Le commissaire Brunetti a bien du mal à distinguer les coupables des innocents.

« Le 16e volet des aventures du commissaire Brunetti est éblouissant. »

The New York Times

Le Temps de la sorcière
Arni Thorarinsson

Muté dans le nord de l'Islande, Einar, le sarcastique reporter du *Journal du soir*, se meurt d'ennui. D'autant qu'il ne boit plus une goutte d'alcool! Tout ceci deviendrait vite monotone... si ce n'étaient ces étranges faits divers qui semblent se multiplier: un étudiant disparaît, des adolescents se suicident... Einar voit d'un autre œil cette micro-société gangrenée par la corruption et la drogue.

« Un polar enlevé, écrit entre chien et loup, inquiétant comme les paysages islandais. »

Télérama

Passage du Désir
Dominique Sylvain

Lola Jost, ex-commissaire en retraite antici-
pée, et Ingrid Diesel, masseuse américaine
au passé mouvementé, sont voisines. Rien
ne les rapproche, si ce n'est un crime sordide
commis dans leur quartier. Pour retrouver
le coupable, ce tandem haut en couleurs,
improbable et truculent, investit les milieux
de la prostitution, ceux du cinéma gore, et
l'univers retors d'un tueur obsessionnel.

Grand Prix des lectrices de ELLE 2005

« *Ce roman exerce sur le lecteur
un charme irrésistible.* »

Télérama

La Cinquième Femme
Henning Mankell

Des meurtres à donner froid dans le dos se succèdent: un homme est retrouvé empalé dans un fossé, un autre ligoté à un arbre et étranglé, un troisième noyé au fond d'un lac. Et si le crime était la vengeance d'une victime contre ses bourreaux? Dans ce cas, Wallander doit se hâter pour empêcher un autre meurtre tout aussi barbare.

« La Cinquième Femme *passionne par la subtilité de son intrigue et de ses personnages, bouleverse par son humanité, dérange par la profondeur de son regard. Du très grand art.* »

Télérama